局外树

楼耀福

上海書店出版社
SHANGHAI BOOKSTORE PUBLISHING HOUSE

上海文化发展基金会图书出版专项基金资助项目

目录

火凤凰

王火（1924—　）

向日朱光动，迎风翠羽新。

——唐·杨嗣复《仪凤》

1

2003年4月，殷慧芬参加安徽宣城“敬亭绿雪笔会”回来，说了笔会期间相识的几位老作家的故事，说得最多的是王火和凌起凤的爱情传奇。

王火，本名王洪溥，江苏如东人，1924年7月生于上

宣城“敬亭绿雪笔会”殷慧芬和鲁彦周、王火

海。中国作家协会名誉会员、四川省作家协会名誉副主席。上世纪四十年代中期开始文学创作，作品逾六百万字，长篇小说《战争和人》三部曲1997年获茅盾文学奖。

抗战胜利时，王火还是复旦大学新闻系学生，却已兼做《现实》杂志、《时事新报》、《新生报》等三家报刊记者和“上海、南京特派员”，笔名王公亮，五次见过蒋介石，采访过胡适、于右任等现代史上著名人物，写过南京大屠杀、审判日本战犯及汉奸的特写通讯。

王火的父亲王开疆，《民国人物大辞典》里有他的辞条：1890年生，1912年夏考入上海公学法律系，毕业后赴北京考取法官。1916年回上海，任《民国日报》律师，后东渡日本，入东京早稻田大学深造，1920年毕业回上海，开设律师事务所，又在上海大学、复旦大学、南方大学、暨南大学等校开课讲授法律，与徐谦等人创办法政大学。南京政府建立后，王开疆任国民政府司法部惩戒委员会委员、秘书长，1936年当选为国大代表。1939年，因拒任汪伪中央委员、伪司法部长等职，被软禁“76号魔窟”。次年2月8日，王开疆逃离“魔窟”，挈子乘坐荷兰邮船“芝沙连加”号出走香港，中途因被汉奸跟踪，激于义愤，第二天投海自尽，年50岁。

父亲投海那天，王火弟兄同在这艘船上。

“镜里才觑白发生，梦中又听铁蹄声。山河破碎空悲切，孤岛沦亡暂寄身。宗悫长风须振奋，元龙豪气敢消沉。浦江岁晚浑无赖，且把行吟涤泪襟。”王开疆当年的这首七律《伤时》，仍显其悲沉忠贞意气。王开疆蹈海牺牲的消息，海内外各大报纸都有报道。至今，江苏省如东县仍竖着王开疆的纪念碑。

凌起凤，又名凌庶华，辛亥革命元老凌铁庵最小的女儿。凌铁庵，清代著名将领聂士成的外孙女婿，1887年出生于安徽定远县凌家榜眼府，1962年病逝于台湾，享年75岁。

抗战爆发后，上海成了孤岛。王火作为一个中学生，曾与同学参加慰问被困谢晋元将军所率八百壮士余部，在上海散发过抗日传单。1942年，王火穿越封锁线，历时三月，到达陪都重庆附近的四川江津，就读国立九中。

在江津，他与凌家七小姐凌起凤恋爱，并订婚。

“一天香云绕碧山，心随鸟飞烟散。只因庭院残，爱上禅林凭栏杆。起家立业在江南，凤舞龙蟠钟山。而今栖霞岭，已经七度血斑斓。”王火当年的一首藏头诗“一心只爱起凤而已”，深挚描绘了他对凌起凤的一片真情。

世事无常。1949年以后，王火留在大陆，参与上海总工会筹建等工作，后任上海劳动出版社副总编辑，创办《工人》半月刊。1953年调北京，编撰中国工运史，筹建《中国工人》杂志社；任该社编委兼主编助理。而凌起凤则随全家去了台湾。

一对恋人海天相隔，天各一方。

上世纪五十年代初，海峡两岸关系紧张。大陆言必称阶级和阶级斗争，土改、镇反、肃反……政治运动不断。台湾当局也在查缉“通共罪”，原国民党政府浙江省主席陈仪等即以“通共罪”被处决。剑拔弩张的政治局势下，王火与凌起凤“有情人终成眷属”，似乎是天方夜谭。

王火执著坚持与凌七小姐的爱情。同事中有认为王火阶级立场不稳，曾经很不满地责问王火：“她在蒋匪帮那边，你不一刀两断，就是敌我不分！”“革命是绝对不能要这种爱情的！要这种爱情就不能革命！两者只能选一！”王火却直言：两者我都要！

鸿雁传书，他和凌起凤以书信寄托彼此的思念。慢慢地，凌起凤信来得少了。在海峡那边，她承受的压力并不小。为让爱情不被夭折，王火决定写信给凌起凤，要她回来与他完婚。信一封接一封，简直十万火急。

凌起凤 1952 年关于这段往事的笔记：

我在上海的未婚夫王洪溥不断写信经过香港转

到台北，要我立刻回大陆，这使我万分为难。一是父亲年迈，我舍不得离开；二是当时大陆正在镇反，台湾报纸上连篇累牍报道镇反情况，有不少耸人听闻夸大失实的报道。我想：我回去能行吗？三是那时台湾控制人员外出十分严格，到香港也要两家铺保并需批准，我能走得成吗？因此，我痛苦不堪。父亲知道我的心，而且他是个讲信用的人，我既已订过婚，他又喜爱王洪溥这个女婿，我就应该回去。他明白，如果我不回去，这桩婚姻就毁了。因此，他开明地说：你是个单纯的女孩子，没有政治色彩，也不是为政治问题来台的，我想你回去是不要紧的。为了你的幸福，爸爸让你去，只是于（右任）老伯那里，你不能随便一走了之。瞒他不好。找个机会你听听他的意见也好。

我痛苦得无法形容，日夜不安……父亲最爱我，他为我考虑得十分周到。他给我设计了一个先到香港然后回到上海的方案。4月11号那天，是于老七十五岁寿诞，父亲让我带了一些水果和海味去给于老伯祝贺生日。告辞时，我说：老伯，我将去香港一次，我会办请假手续的。他突然问我，回去安全没有问题吗？我说没有问题。他睁开眼来，又叹了一口气，但点点头。他伸出手来同我握手——平时，他并不同我握手。他的手是温暖的，我觉得他有一种同意我走的含意在内，也有握别的含意在内。

1952年“五一”前，凌庶华到了香港，却无法到大陆。她差一点打退堂鼓。这时，王火的母亲李荪从广州偷渡到香港去接她。李荪与凌庶华商量后制造了一个从台湾来的妙龄女郎在香港跳海自尽的事件。这个妙龄女郎就是凌庶华。多家媒体的采访报道，让凌庶华蹈海死去的消息成为事实。王火多年后写的电影文学剧本《明月天涯》中有过生动具体的描写。

从此凌庶华在这个世上消失，而凌起凤却浴火重生。

1952年8月11日，王火和凌起凤结婚，从此六十年相濡以沫。

2

宣城“敬亭绿雪笔会”，殷慧芬和王火夫妇相处很好，她叫他们王叔叔凌阿姨，他们也把她当自己的小辈，亲切地叫她“慧芬”。以至笔会结束，王火来信，信尾落款也有写“王叔叔、凌阿姨”：

慧芬：您和您先生全家好！

安徽聚会，一路同游，十分高兴。凌阿姨谢谢您一路照顾。

我们于4月14日深夜返蓉，一切均好。

寄上《长相依》，现已得达，年轻时的往事了，请勿见笑。

寄上照片四张，拍得不好，作个纪念吧！

望十分注意保护眼睛，千万勿使眼睛过分疲劳，也勿使之不小心碰撞，勿提重的物件，勿闭气用力。这是我的经验之谈（如可能，每天用一把枸杞子——约二十粒，打一个鸡蛋，不放盐或酱油，蒸了吃，不间断，对眼有益）。

勿此，顺致

春天好

王火、凌阿姨 2003.4.18

这篇《长相依》是王火与凌起风爱情传奇的记录，字里行间，情真意切。我一遍遍地读，一遍遍地被感动。

不管王火命运如何坎坷，六十年里，凌起风始终紧相随、长相依。

1953 年 3 月，凌起风随王火来到北京，先后在工人出版社等单位任秘书、打字员、校对，因为她从台湾来，每次工作调动实际上就是对她不信任。开朗活泼的凌起风逐渐变得沉默内向。1957 年，王火昔日尊敬的老师萧乾、最好的同学马骏……相继被打成“右派”，万马齐喑，风声鹤唳。王火想不通，“我许多同学都成了‘右派’，但其中大多数都是当年的进步学生或地下党员，他们出生入死过，为建立新中国出过力，怎么突然都成

‘敌我矛盾’了呢？”他迷茫惶惑。

王火逃过了1957年的“反右”，却终于还是被1961年因为小说《刘志丹》的所谓“利用小说反党”事件所殃及。

上世纪五十年代末，工人出版社出版过《把一切献给党》、《我的一家》等图书，吴运铎、陶承等口述，文艺编辑室副主任何家栋执笔整理。何家栋是真正的幕后英雄。1957年，何家栋被划为“右派”。1961年，工人出版社撤消，何家栋被安排至《中国工人》杂志社。此时，李建彤写了《刘志丹》。李建彤只是搜集罗列一些相关素材，根本谈不上是一本小说，她要求《中国工人》安排“笔杆子”修改润色。《中国工人》主编吕宁考虑在王火与何家栋之中选择。最终还是安排了何家栋。小说定稿后，送习仲勋审阅。习仲勋通知《中国工人》编委去听他的意见，吕宁等4人都去了，唯独王火因忙于发稿未去。这就是著名的“利用小说反党”的“《刘志丹》事件”。李建彤、何家栋由此倒了大霉，前去听取习仲勋意见的吕宁等4名编委也未能幸免。

因为“《刘志丹》事件”，毛泽东后来在一期《中国工人》的封面上写了“拆庙搬神”四字,《中国工人》被迫停刊。王火告诉凌起凤：“刊物要‘拆庙搬神’，我们的生活要有变化了。”凌起凤不免担忧：“会怎样呢？”王火一脸迷惘：“我也不知道，说不定要离开北京。”

果然，王火被下放到山东临沂“支援农业第一线”。

凌起风并不在下放之列，她刚生下女儿小亮，身体虚弱，却要与王火一起去山东。王火于心不忍：“那里苦，我一个人去吧。组织上说，两年以后就可以调回北京的。”凌起凤执意要同行：“我从台湾回来就是为了和你在一起。我们不分离。”

王火到了山东，在临沂一中当校长。1961 年的临沂，百姓仍被饥荒所折磨。凌起凤被安排在学校图书馆工作，名门之后的凌七小姐跟着丈夫在学校吃地瓜干磨粉后做的窝窝头、“渣豆腐”、南瓜汤……

1966 年初夏，“文革”风暴席卷临沂。一日，分管文教的地委副书记在会上说：临沂一中的领导权“不在党手里，而在‘资产阶级反动学术权威’手里”，暗示这个

“反动学术权威”就是王火。王火莫名其妙，却觉在劫难逃。

无休无止的批斗、挨打、抄家、关“牛棚”……接踵而来。王火的家被抄了近百次，采访笔记、日记、文稿、书籍无一幸免。花了十多年心血写成的120万字的长篇小说原稿《一去不复返的年代》被诬为“为国民党树碑立传”，也难逃厄运。1968年一次批斗会上，王火遭受批斗后竟有人下令活埋王火。几个红卫兵拽着他拖到旁边的梨树林里。月黑风高，王火被扔进深沟里。他挣扎着想爬起来，又被按下去，接着泥土、石块天女散花般地劈头盖面而来。王火实在是厌倦了人生，心想就此彻底休息吧，于是闭上了双眼。谁知这些无知的造反学生又忽然将王火拖出泥坑，踢了他一脚：“滚！校长！”学生们只是为了取乐，然后便嘻嘻哈哈地散去。

这一夜，王火的尊严被凌辱，他有生不如死的感觉，他向凌起凤要安眠药。那瓶药是凌起凤1952年从台湾带来的，有300片，当时因为大陆“镇反”，凌起凤怕王火遭不测之诬而备用。时隔十六年，王火突然向她索要，她明白王火的意思。她劝阻了王火，再次动情地说，她与他永远生死相依。

3

殷慧芬至今仍珍藏着“敬亭绿雪笔会”期间王火夫妇给她写的一张字条：

慧芬：现在是十点半了，您仍未回来，我们要睡了，所以把药送上。三颗扑炎痛，头疼可以服一片止痛。两颗百服宁是治感冒的，服一颗可以维持12小时……

王火、凌阿姨，即晚。

自己身体不舒服，王火和凌阿姨那么晚了还为她送药，她“野”到哪里去了？殷慧芬后来告诉我，她跟着一起参加笔会的作家们去屯溪老街淘古旧了。家里现在有一块清代的红豆杉木雕花板就是她在那时买的。

王火夫妇对殷慧芬的关心，这张字条就是见证。

安徽之行，王火后来写过一篇《皖游日记》，其中提及参加笔会的诸位，称殷慧芬是"有成就的女作家，但无时下某种女作家的骄娇之气"。王火夫妇与殷慧芬颇为投缘。笔会之后，他们一段时间书信往来甚频。信中，王火提及最多的是要殷慧芬保护好自己的眼睛。

眼睛对一个整天磨字的作家太重要，王火比别人有着更深切的体会，原因是他的眼睛也被严重伤害过。

1983 年，王火由当年复旦大学的同学马骏推荐到成都，参与筹建四川文艺出版社，之后任该社党组书记兼总编辑。凌起凤又随王火来到成都。她说："我反正是跟着你走的人，哪里都是家。"

1985 年 5 月的一天，王火经过正在建设中的出版大厦工地，雨中听见有小女孩的哭声，走近了发现小女孩掉进了工地的深坑里。他跳下去，抱起女孩，把她托举到沟上。女孩获救了，他自己却爬不上来。雨越下越大，情急之中王火用脚在沟内壁踢出一个凹形小坑。他脚踩小凹坑，双手撑沟沿，用尽全力一跃，不料头部被横在深坑上方的脚手架钢管重重撞击。王火的脑袋由此受到伤害，脑震荡，颅内出血，左眼视网膜损伤。经医院诊疗，颅内出血被止住了，视网膜受伤却留下了隐患。

出院后，王火依然忘我写作、审稿、改稿，对左眼受伤没太在意。在“文革”中被毁的长篇《一去不复返的年代》此时又被人民文学出版社所重视，要求王火重写，这就是后来获“茅盾文学奖”的巨著《战争与人》三部曲。他已完成第一部《月落乌啼霜满天》，左眼受伤的时候，正在写第二部《山在虚无缥缈间》。

受过伤的眼睛岂能使用过度？ 1987 年 9 月，王火左眼视网膜脱落。成都军区总医院手术失败。11 月，凌起凤陪王火去上海第一人民医院治疗，可惜已耽误了最佳治疗期，左眼回天乏术。幸亏后来转上海第一人民医院，经过手术治疗，他的右眼保住了。

同病相怜，同为视网膜脱落，同因写作用眼过度，同在上海第一人民医院治疗。2015 年秋天，我去成都看王火，更惊讶的是王火告诉我为他治疗眼疾的是张皙教授，与殷慧芬竟是同一个医生。王火给了我一本《山在虚无缥缈间》，《后记》中有明明白白的记录。

1987 年以后，王火用一只右眼写完巨著《战争与人》。凌起风陪伴着他，给王火提供最好的写作环境和氛围，关心无微不至。

1990 年，《战争与人》三部曲出版，王火在书上专门放了一张他与凌起风的合影照，写了一段话："熟人都知道我有值得羡慕的'大后方'。几十年来我和凌起风在生活和创作上始终是最好的'合作者'。"

情深意长，却又含几多辛酸！

4

2015 年 10 月，我有一次川西之行，带队的是恰恰是眼科名医张晳教授的公子程大年。我感慨天下真是太小。

在成都，有两天逗留时间，我和殷慧芬抽半天去拜访王火老师。

2009年春天，殷慧芬有一次去四川的考察活动，期间去看过王火老师和凌起凤阿姨。同去四川的嘉定作家张旻听说了，说他也要去，原因是他看过王火写的《长相依》，很使他感动。那次，凌阿姨还在世，只是病了，躺在病床上。王火老师提醒她：“这是小殷啊，我们一起在安徽的。”病中的凌阿姨平时只认王火一个人，这时她微微一笑，似乎还记得殷慧芬。

2009年春，殷慧芬去四川拜望王火夫妇

凌阿姨发病是在“512”汶川大地震之后不久，医院诊断为右脑萎缩、心率衰竭、肺部有感染。之后，无论在医院，还是在家中，王火始终相伴。为唤起凌阿姨生存的意念，王火在她身边轻哼他们年轻时常唱的“长亭外，古道边，芳草碧连天……”

2010年9月，我们收到王火老师的信：

……两年多来，由于起风患病，五次病患在医院抢救，我心力交瘁，既不参加活动及会议，也早封笔。由于她的病情怕传染感冒得并发症，遵医嘱闭门谢客，深感歉疚和失落……

起风起初是夜间小脑中风，接着脑萎缩加剧，心脏、血压情况都不好，血压有时低至高压八十、低压三十左右，人近乎昏迷。中间又因并发肺炎造成危险，今年5月31日不幸跌了一跤，猛撞在锋利的床沿上，以至左额摔出一寸多长的创口，流血遍地，将她及时从血泊中抱起送医院急救，缝数针幸而挽回了生命……我们全家继续做好长期救治她的准备……

2011年7月2日深夜，凌起凤病逝。相伴相依六十年的爱人离开了王火，他悲恸不已。凌起凤遗体火化之后，王火把骨灰存放家中，他说百年之后，要与她合葬在一起。每天清晨第一件事，他要对凌起凤的遗像和骨灰盒说："七姐，早晨好，我醒了。"晚上临睡，他又要说："七姐，晚安，我要睡了。"每每听王火在电话中、书信中、后来的纪念文章中如此描述，我和殷慧芬不胜唏嘘，感动万分。

亲爱的王火老师：您好！

上星期和您通电话，我们用上海话交流了，我猜想您一定十分想念您的出生地：上海，生于斯，长于斯。能从您的言谈（也有笑声）中，捕捉到您内心的孤独。凌阿姨（您的七姐，最爱的人）离开人间已经有三年了吧？可她还陪伴在您身边。我知道，您永远舍不下她。我也会常常回忆我和你们二老相识相知的情景。应该有十年了吧，我们一起参加由安徽省宣传部组织的笔会（敬亭山笔会），那次笔会还有不少文学前辈：邓友梅、邵燕祥、南丁……因为您出生上海，自然而然地，我们彼此更感亲切，凌阿姨更是主动来我房间探视。她是安徽人，言语之间，总是以安徽人而倍感骄傲。记得在李鸿章故居参观，在聂士成的事迹栏前，凌阿姨驻步沉思，然后告诉我，聂士成是她家族的……

五年前吧，我出差来成都，探望您和凌阿姨，那是汶川地震后一周年，您告诉我，当初您和凌阿姨就躺在自家厕所，没有下楼避难。你们二老十分坦然面对生死。都85了，您说。我肃然起敬。您和凌阿姨一辈子经历太多磨难，大家闺秀、民国美女凌阿姨是我心中最善良最美丽的女性！那次分手，我和凌阿姨深情拥抱，尽管她那时已经失忆，但是她那甜甜的笑容依旧和在安徽合肥初次相识时，那样温馨。

王火老师，原谅我，我眼睛视力不好，字写得潦草不规范，而且和您说了那么多凌阿姨。我想，现在，您应该可以平静一些，慢慢咀嚼和凌阿姨曾经漫长、苦难而又幸福的过去，您是我敬仰的前辈。

希望在上海，或者成都，和您重逢相聚！

献一支心香给凌阿姨……

殷慧芬　2014.8.1

这是殷慧芬写给王火老师的一封信。凌阿姨去世后，殷慧芬常给王火打电话，偶尔也写信。由于眼疾，这封信的收件人地址是我写的，结果写错了，致使信在途中走了 19 天。王火老师后来回信：

慧芬、大楼伉俪如晤：

今天收到八月一日惠函，途中十九天，主要是地址错了……邮递员说：“差一点就退回上海了。”一笑！

谢谢对起风和我的关心。慧芬视力不好，不宜用眼写信，写了这么长的信，让我深为不安。望多保护视力，下不为例！

……我最近心脏、血压均不大好，每日看看书报消磨时日，但精神状态尚好，请放心。

曾寄上过一本书，想早收到。

笔墨不全，匆匆作复，草率为歉。

握手并问全家好。

王火 2014.8.19

这封回信是王火老师用毛笔写的，信纸是传统的红八笺。

凌阿姨在世的时候，不止一次对殷慧芬说，王火的毛笔字写得可好了，只是他眼睛坏了之后不写了。他用毛笔写这封信，是因为知道我们喜欢他的墨宝。

2008 年 5 月 22 日，王火老师在花笺上给我们写过一首李商隐的诗《锦瑟》：

锦瑟无端五十弦，一弦一柱思华年。

庄生晓梦迷蝴蝶，望帝春心托杜鹃。

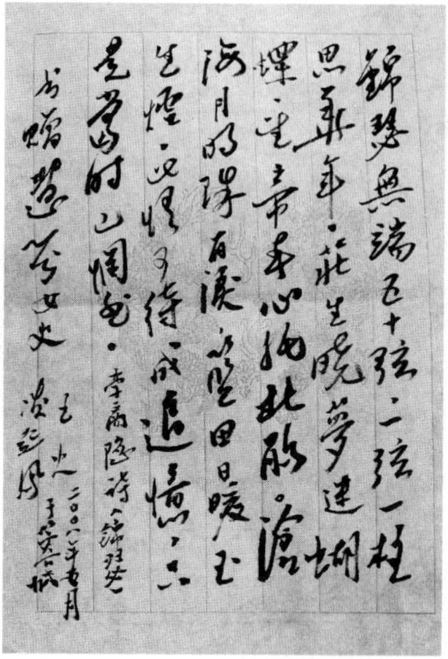

王火用毛笔写的李商隐《锦瑟》

沧海月明珠有泪，蓝田日暖玉生烟。

此情可待成追忆，只是当时已惘然。

李商隐在诗中追忆青春年华，感慨坎坷命运，庄生梦蝶，杜鹃啼血，沧海珠泪，良田生烟的意象，朦胧含蓄，情真意切。

读着王火老师用毛笔写的信，我想起李商隐的《锦瑟》，不由泪眼迷蒙。我对殷慧芬说："我要去看王火老师。"

2015 年 10 月 17 日下午，我和殷慧芬从下榻的"锦里人家"去大石西路王火老师府上。在书信和电话中，王火老师亲切地称我"大楼"，但彼此见面却是初次。王

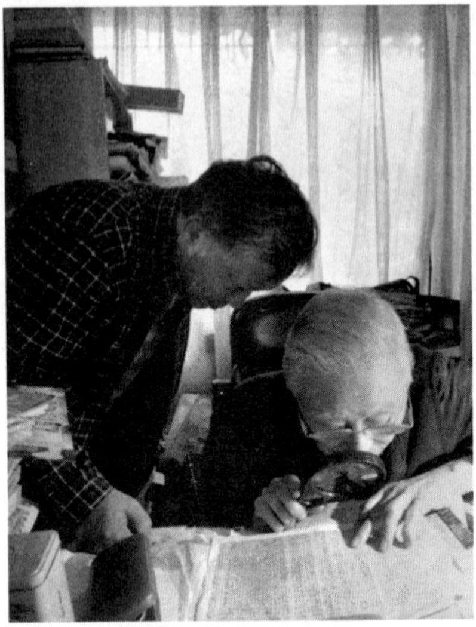
王火在编12册《王火文集》

火两鬓染霜却精神矍铄，一见面，他哈哈大笑："你们俩头发也都白了。"我们买了一束花，百合和玫瑰，是献给已故的凌阿姨的。凌起凤阿姨的骨灰盒仍在家里，王火说，他要与她生死厮守。

我们在凌阿姨遗像前献花鞠躬。

"七姐，小殷、大楼看你来了。"王火老师的声音中仍无法掩饰心中悲怆。

王火正在编12册《王火文集》，约600万字。左眼完全失明，编《王火文集》他全靠右眼，戴上450度的老花镜再用放大镜，没有助手。他说这种事只有他自己做。因为我们的到来，他不得不放下手头的工作。

一个下午，我们听王火老师说今道古。当年李建彤《刘志丹》出版过程，“利用小说反党”的由来，习仲勋与小说《刘志丹》,《中国工人》“拆庙搬神”，下放临沂……王火老师的回忆，让我知道了不少鲜为人知的史料。

“文革”后期，江青说山东样板戏搞得不错，再搞一个。老革命根据地临沂受命组织班子写以土改为题材的样板戏《换新天》，王火执笔。王火后来把这些素材为上影厂写了一部电影叫《平鹰坟》。

王火说，他去采访土改时的当事人，却找不到一个地主、富农。山东的土改当年是康生在搞，扩大化、极左，是有名的。土改时，地主、富农都被赶尽杀绝。

《换新天》还没写完，“四人帮”倒台，“文革”结束。一天深夜，王火家的房门被敲得嘭嘭响，敲门的是临沂负责样板戏《换新天》创作的一个干部。“不好了，这戏听说是江青抓的。”那干部一见王火就这么说。王火又深感不安。目睹这一切，凌起凤不免担忧：“又有什么事轮着你了？”几十年里，遭受了太多折腾。幸好，几天后那个干部又来半夜敲门：“没事了，没事了，上面说话了，说我们这戏是毛主席革命路线的。”王火和凌起凤这才放下心来。

我听罢不由苦苦一笑。更令我沉思的是，王火老师说他和凌阿姨的一次对话。

那是 2001 年的一天，王火问凌阿姨：“假如有来生，你还愿意与我作为夫妻吗？”谁知凌起凤说：“我们在一起，只是不要再做人。”

王火不可思议：“为什么？”

凌起凤说：“人生太苦。如果有来世，我不愿再做人。”

王火猛然觉得悲伤，顷刻泪流满面。

我听着，心也往下沉。

“不愿再做人”，我一遍遍地喃喃自语。看着年逾九旬的老人，我心里说：“去做天上飞的鸟，你和凌阿姨比翼双飞，凤鸾和鸣。”

天上飞的鸟，火凤凰。

百合花香

茹志鹃（1925—1998）

永日向人妍，百合忘忧草。

——宋·晁补之《生查子》

1

每年清明、冬至将临，我们都会去龙华陵园拜祭茹志鹃和王啸平老师。一两天后，王安忆、王安桅就会打电话来：“你们又去看过爸爸妈妈了，谢谢噢。”我们谁也没告诉，不明白他们怎么知道的？后来才明白，是因为我们留在那里的痕迹：两支洁白的百合花。

最早知道《百合花》和它的作者茹志鹃，是在我初中的语文课本里。军队中的一个小通讯员为伤员向老百姓借被子，一位新媳妇拿出了自己心爱的嫁妆——一条印有百合花的新被子。这样一个充满人性美的故事曾经让多少人感动。在纪念茅盾先生逝世的日子里，茹志鹃写悼念文章，深情回忆 1958 年，她几经退稿后发表在《延河》的这篇《百合花》。由于茅盾先生的赞赏和推荐，《百合花》继而在《人民文学》转载，从此成为茹志鹃的成名作和代表作，家喻户晓。

茹志鹃，我们少年时的偶像。若干年后，她竟能与我们面对面讲文学，成为殷慧芬文学生命中的“贵人”。这是说什么也没想到的。

认识茹志鹃，我比殷慧芬更早。

1977 年 5 月，“文革”结束后的第二年，上海召开文艺座谈会。那是粉碎“四人帮”后上海文艺界的一次盛会，参加会议的有文学、戏剧、电影、音乐、舞蹈、曲艺、美术、摄影等各方面文艺人士660人。既有巴金、赵丹等著名文化大家，也有像我这样初出茅庐的年轻人。我被编在文学第一组，成员以小说散文的作者、编辑为主，召集人为于炳坤、范政浩、菡子，共27人。茹志鹃被编在文学第二组。那时上海作协尚未恢复，茹志鹃的工作单位是上海人民出版社文艺编辑室。

我和茹志鹃虽不在一个组，但在大组交流会上还是能见到她。最后一天大会，巴金有个《第二次解放》的发言，茹志鹃也有个题为《迈开新的一步》的发言。我记忆犹新的是她说当年参加新四军的时候，“带领担架队，管理俘虏兵，设茶水站，烧面疙瘩”的经历。我初中时读到的《百合花》，应该是她那时的生活积累。她说：“在行军的途中，在宿营的时候，在背包上，在草堆旁，我开始了创作。”“1955年，我转业到上海搞文学工作，在去上海作协报到的第一天，正好作协门口发大水，我赤了脚，背着和我同去报到的战友，是这样走进作协大门的。”茹志鹃说得那么生动形象，她的这段经历如同电影画面，深印在我记忆中。

这次座谈会之后，《上海文艺》复刊，上海文联、作协等机构也开始筹备恢复。作为《上海文艺》联络的年轻作者，我也参加过几次刊物的组稿会，其间与主编巴金、执行副主编钟望阳、编辑茹志鹃、唐铁海、赵自等均有见面机会。

1978 年，上海文艺出版社出版了一套《外国短篇小说》，三本，蓝封面。“文革”刚结束，中外名著供不应求。当时的《上海文艺》编辑部集中购了一批《外国短篇小说》，然后给作者寄发购书券，那是一张油印的通知，作者再凭通知去编辑部购书。我收到后，让殷慧芬去《上海文艺》取书。这也许是她第一次踏进巨鹿路 675 号。回来后，我问：“顺利吗？”她说：“很顺利，编辑部在开会，我说是来领书的，一个女同志就拿了这套书给我。”她简单描绘了那女同志的外貌、年龄。我说那就是茹志鹃老师啊。她啊了一声，有点为与茹老师失之交臂而遗憾。

谁知十多年后，她竟成了茹志鹃老师最喜欢的作者之一。她可以在茹老师愚谷邨家里随便进出，可以像侄女一样向茹老师无所顾忌地倾诉衷肠。

2

茹志鹃最早读到我们的小说是在上世纪八十年代中期。那时我和殷慧芬合作的短篇小说《黄月亮》在上海公安局《剑与盾》杂志发表。年终评奖，居然获得一等奖。我们自己都觉意外。《剑与盾》是一本法制文学期刊，而《黄月亮》只是一篇写儿女情长、歌颂美好道德的小说，与法制并无太大关系。第二年，我去安庆参加“中国法制文学研讨会”，遇到《剑与盾》的执行副主编周云发先生，问及此事，他大笑，说：“你不知道啊，这篇小说得一等奖，是茹志鹃定的。”

茹志鹃那时是上海作协的党组书记、常务副主席，也是那次评奖的“评委会”主任。我有点受宠若惊，不知道怎么去感谢茹老师，只是有点书呆子气地想，好好写，写出好作品，就是对茹老师最好的感恩。

茹志鹃主持领导上海作协期间，为培养年轻作者，还做了一件功德无量的事情，那就是拍板创办学习班形式的“上海青年作家创作会议”。作协副秘书长宗福先负责“青创会”的具体工作。负责“教”的，是凭茹老师的人脉关系在全国请来的著名作家、评论家，而“头”正是茹志鹃、宗福先。因此，确切地说，茹志鹃、宗福先是“青创会”真正意义上的“教头”。

正是茹志鹃拍板创办的“青创会”，改变了一批年轻作者的命运。“青创会”创办之前，殷慧芬是一名车间统

茹志鹃和上海作协“青创会”

计员，而孙甘露白天还得骑着摩托充当邮差……

“青创会”期间，殷慧芬写了两个短篇：《衣飘飘兮袂举》和《另一个世界》。学习结束，《上海文学》发表了孙甘露的《访问梦境》、金宇澄的《风中鸟》和殷慧芬的《另一个世界》。这是她第一次在上海的重要文学刊物上亮相。之后，她便一发不可收。

1990 年 6 月，殷慧芬在《上海文学》发表小说《厂医梅芳》，茹志鹃大加赞赏。她对责任编辑张斤夫说，她要找殷慧芬谈谈。

与茹老师约了见面时间后，殷慧芬根据张斤夫提供的地址，去拜访茹老师。那是一个下午，她第一次去愚谷邨茹老师家中。

殷慧芬坐在那只临窗的旧沙发上。沙发紧挨着茹老师的书桌，沙发前面是卧床，再过去，靠墙是一排书橱，正面墙上挂着赖少其先生的书法：“煮字”。一个很普通的房间，却散发出一种温文的气息。茹老师提到小说《厂医梅芳》，充满热情与鼓励。于是殷慧芬从厂医梅芳，谈到工厂姐妹们，谈她们平凡的生活、内心的苦恼和努力……茹志鹃听得津津有味，然后很认真地说：“好，好，你要写下去，千万不要停，要有第二部、第三部《厂医梅芳》……”

在茹志鹃老师的指点里，殷慧芬突然意识到，她写的工厂题材小说，是她挖掘到的一口深井。她大悟数十年的工厂生活在她生命中的重要意义。1991年，《厂医梅芳》的姐妹篇《欲望的舞蹈》在《上海文学》发表，周介人的“编者的话”一改面面俱到的风格，用整个篇幅作了热情洋溢的介绍和评论。事后陈村开玩笑说这是“响彻扉页”。再之后，《收获》、《上海文学》、《小说界》、《萌芽》连续不断发表了殷慧芬写工厂生活的中短篇，《迷巷》、《早晨的陷阱》、《梦中锦帆》、《纪念》等源源不断。《上海文学》责任编辑张斤夫开玩笑说：“小殷知名度越来越大，成了上海滩上的大作家。”

1993年，殷慧芬第一本小说集《欲望的舞蹈》出版，茹志鹃亲自为她写序：

殷慧芬是一位女作家，她好像是挟着她那一股女性特有的温馨气息，还有女性特有的那种锐利的目光，走进文坛的。她笔下的女性写得特细致，她了解她们，也能欣赏她们。一直到《厂医梅芳》后，她好像又顿悟到她不但是一位女性，她还是一位工厂里的女性。于是《蜜枣》、《欲望的舞蹈》、《迷巷》，工厂里的青年工人、知识分子、刚进厂的小女工，陆续不断。

记得五十年代，上海有工人作家队伍，从分房到政治待遇，都十分优越，真是一群群，一茬茬，蓬蓬勃勃，兴旺得很，在全国首屈一指。“文革”之后，便不大见提起了。殷慧芬是个工人，她的作品和当年工人作家的作品相比，那种阶级属性少了一点，机器声少了一点，加班加点熬红了眼睛描写少了一点，而人的本性多了一点，个性的、年龄的、内心的、感情的东西多了一点。她笔下的人物个个都是血肉之躯，活泼泼，赤裸裸，可以看见，可以触摸，可以理解，却难以预料，是活生生的人，也是工人，是我们这个时代的工人，有文化有头脑，也有自己的情趣。对殷慧芬作品的评论，前一阵各报都有言论，我不想评，也评不好，这里只想引用《上海文学》执行副主编周介人同志在一九九一年第九期上的编者按语中的一段话：

文坛内外常有“机器旁边的生活枯燥无味，因而难写难看”的感叹，殷慧芬则将车间里的人写得有血有肉、情采跃动，八小时内外的生活充满悲欢，叩击心扉，这不能不说是一个不可小视的突破。

茹志鹃为《欲望的舞蹈》写序

我只想在这里补充一点，这一突破，是殷慧芬突破了自己，突破了车间文学，也突破了以前的写工人的文学。上海到底是一个工业大城市，反映工人生活仍是一大课题，但殷慧芬的突破，似乎还未得到五十年代那样的重视与扶植。是不是可以这样说呢？

我呼唤、我期待着殷慧芬式的群体出现。

有位五十年代就出名的工人作家后来遇见我，与我开玩笑："茹志鹃为了捧你们家的殷慧芬，把我们都贬下去了。"言语之中不乏些许嫉妒。

时间推前至1980年，茅盾先生为茹志鹃小说集《草原上的小路》也写过序。那本书是"文革"结束后，茹志鹃写的一系列优秀小说的汇编，《剪辑错了的故事》被认为是中国大陆小说在技巧上的突破，《草原上的小路》则是茹志鹃在全国第一次得奖的作品，《儿女情》、《家务事》、《着暖色的雪地》……每篇都是佳作。茅盾先生在

《序》中热烈赞扬了这些小说："收在这本小册子的茹志鹃同志的近作，就像是静夜箫声……我以为小说的风格倘如暑天雷雨，淋漓尽致，读者抚掌称快，然而快于一时，没有回味。小说的风格倘近于静夜箫声，初读似觉平凡，再读则从平凡处显出不平凡了，三读以后则觉得深刻，我称这样的作品是耐咀嚼，有回味的。"

读着茅盾为茹志鹃写的序，再读茹志鹃为殷慧芬写的序，我内心充满感动，那是一代又一代老一辈作家对年轻作家的搀扶、提携和鼓励呵，是作家间的相濡以沫，是文学界的薪火相传。

3

茹志鹃离休后，殷慧芬成了她家的常客。好几次，到了吃饭的时间，她和茹老师谈兴正浓，便面皮厚厚赖在那里，茹老师一家吃什么，她也吃什么。那时，王安桅住在增配的底层亭子间里，饭菜有时是安桅从他那里端上来的。

都说王安忆的父亲王啸平秉性耿直，有他不喜欢的人到他家去，临走时他会对着别人的背影扔杯子。可他与殷慧芬很投缘。殷慧芬与茹老师拉家常时，他经常插话，有时说得比茹老师更多。至今，我们家仍留存着王啸平题赠的书，如《和平岁月》等。茹志鹃 1998 年去世后，王啸平很沉闷。有一天，我们去看他，他拿出黄宗江、阮若珊合著的《老伴集》，说书中写了他 1957 年被打成右派的遭遇。我一页页地翻，想看看书中怎么写的。他说："你拿回去，慢慢看。"后来这本书就一直留在我们家里了。

殷慧芬一次次地去，目睹了茹老师家里那个房间的变化。她最早去时，坐的那对旧沙发后来换成了皮沙发，那是王安忆用稿费买来孝敬她父母的。

在那些难忘的日子里，茹志鹃还兴致勃勃地找出旧日的照片给殷慧芬看：一个脑后挽着发髻，姿态优雅、容貌美丽的女子坐在藤椅上，额前一撮长长的刘海，是个很典型的旧式家庭的女子。茹志鹃说："这是我母亲。"母亲温柔而刚强的不幸人生让她难忘。三岁丧母，父亲弃家出走，茹志鹃兄妹五人只得风流星散，寄人篱下。

兄妹中最小的茹志鹃跟着祖母辗转上海、杭州两地，依靠糊火柴匣子、锁纽洞、洗衣服等手工活苦度时光。巨大的家庭变故、母亲和祖母的形象深深烙印在她人生的记忆中。在茹志鹃很久以后写的自传体长篇小说《她从那条路上来》、散文《我能忘吗？》、《紫阳山下读"红楼"》以及她给爱荷华聂华苓的信中，都可读到她苦难和辛酸的少年。

祖母亡故后，13 岁的茹志鹃和长她两岁的四哥相依为命，在杭州的紫阳山下，仅仅读过一年小学又停学的她，拾着柴禾，读着借来的《红楼梦》，一遍、两遍、三遍，直至九遍，在半懂不懂的阅读和背诵中，送走了艰辛愁苦，"红楼"悄悄滋润了茹志鹃文学的心。

离开紫阳山后，茹志鹃沦落在上海的孤儿院，以后又住读过上海妇女补习学校、寄宿过教会女子中学，又在浙江武康县中学读了初三，颠沛流离、前前后后总共读了四年书，同时也读了人间这部大书、旧上海的五方杂处世态炎凉。1943 年，18 岁的茹志鹃跟随长兄参加新四军，之后，开始了她崭新的人生。在部队，在文工团，茹志鹃演戏、唱歌、跳舞。在通宵行军的间隙中，就着月光，垫着背包，茹志鹃写下了歌词、快板、广场秧歌剧。合着行军的节奏，不知不觉地，她在走近文学，以致写出了脍炙人口的名篇《百合花》。

1958年，《百合花》的横空出世，并被茅盾先生高度赞赏和推崇，对于王啸平的右派家庭的意义不言而喻。

茹志鹃66岁的生日是在河南开封过的，1990年10月《上海文学》举行笔会，去了河南。笔会期间，殷慧芬和茹志鹃住同一房间，朝夕相处，听她说过去的故事。

《上海文学》在河南举行笔会

茹志鹃所在的部队解放开封的时候，她是队伍中的一名年轻战士。殷慧芬和一帮子年轻作者跟着她，特地去寻找她当年居住过的旅馆，在那里留影。看着茹志鹃故地重游所露出的淡淡笑容，殷慧芬想，也许正是在这样的旧屋里，有了她创作《百合花》的灵感？

殷慧芬和茹志鹃在河南开封

在茹志鹃简单的生日庆典上，她欢喜地接受了大家赠送的近乎吝啬的礼物：一只质朴的景泰蓝手镯。她开心地戴在手腕上，祝愿年轻作者在像她这个年纪的时候，也有这样开心的时刻。经历过种种人生坎坷、战争的劫难和光荣，也经历过文坛的风风雨雨，66岁的茹志鹃那时已经寻找到一种平和的心境。

在后来的日子里，她的手腕上常常戴着那只景泰蓝手镯。通过手镯，她似乎仍在和年轻人谈小说。

1996年，文汇出版社编辑出版了一套“海派女作家文丛”，十四本。老一辈的上海女作家有茹志鹃、黄宗英，年轻作家居多，王安忆、王小鹰、王周生、殷慧芬等都在其列。集体签名售书那天，年逾古稀的茹志鹃也赶到书店。

女作家挤在新华书店办公室休息的时候，她把殷慧芬拉到身边，凑着她的耳朵说：“我要对你说两句悄悄话，你那个工厂啊，千万不能放，那里有你自己的东西。有些人写的是工，你写的是人，你要坚持。”殷慧芬心里顿时腾起一股热流。“写人，写自己的东西。”因为有茹志鹃不断的提醒、鞭策和鼓励，成了殷慧芬之后文学创作中的一盏明灯。

这套“海派女作家文丛”，后来因为某些复杂的原因，有一部分稿费没有着落，年轻作家们鉴于茹志鹃的名望，叫一声“茹老师”，就把这“世界性”的难题拜托给她了。茹志鹃又是打电话，又是找人，谁知还没等到结果，她就打起了退堂鼓："书出得很漂亮。因此稿费的事，我本人想算了。"此时的茹志鹃像是一涧久经坎坷的山泉，越发单纯清澈。

殷慧芬坐在那只临窗的沙发上，也听过茹志鹃说王安忆。她说王安忆小时候喜欢画画，但做妈妈的却希望她以后成为一个科技工作者。这也许因为文艺这个行当让王啸平和茹志鹃经历了太多的曲折和辛酸。她说在"文革"中自己都懊恼怎么会走上文学创作这条路的？为了让自己重新获有一些更实用的技能，她一度曾迷上踏缝纫机，往往是把一件旧衣服拆开，重新裁剪，再用缝纫机缝上，稍不满意，再拆开，再缝。殷慧芬听她讲这段往事，一方面感慨茹志鹃连裁缝一件旧衣都这么认真，另一方面却又深深悲哀，一个能写《百合花》这样名篇的优秀作家在那个年代居然想改行，埋头在"嚓嚓嚓"的缝纫机针细密的行走中打发时光！处于这种心境中的茹志鹃怎么会希望儿女再去舞文弄墨？

王安忆走上文学道路在茹志鹃看来似乎是个意外。安忆16岁，去安徽淮北插队，村里只有她一个知识青年，远离家乡又寄人篱下，十分苦闷。茹志鹃没法照顾女儿，为排遣女儿的郁闷，唯有通过写信。母女俩通信

般慧芬和茹志鹃在龙门石窟

十分频繁。往往是一封信写出后，回信没到，就写第二封。在信中，茹志鹃发现了王安忆写作的天分。王安忆步入文坛后，在上海作家协会的一次王安忆小说研讨会上，茹志鹃还提到她们母女间互相通信的往事。

茹志鹃在上世纪七十年代，发现并培养了王安忆，在八十年代又发现并培养了殷慧芬，真可谓慧眼独具。

茹志鹃对殷慧芬创作上的指点，显然是一种经验，她在殷慧芬的小说叙述中一定发现了什么。这对于殷慧芬，却是一种确确实实的启悟。此后出版的殷慧芬小说集《欲望的舞蹈》，茹志鹃亲自写序，并让儿媳妇冯平誊写得方方正正给殷慧芬寄来。不久在嘉定召开的殷慧芬作品讨论会上，王安忆提到茹志鹃为殷慧芬作的序，说："妈妈年纪大了，你蛮好叫我写的。"后来安忆果然为这本小说集写了一篇长达六千余字的评论：《告别青春的回忆》。

4

茹志鹃在儿女小时候对他们要求很严格，儿女长大后却很开明很宽容。儿子王安桅结婚后，忙于奔波，迟迟没有生儿育女。我们有时与安桅开玩笑，茹老师那么喜欢小孩，你们是不是应该生个孩子，让她开心开心？王安桅说，母亲很大气，始终尊重和体谅他们夫妇的选择。

老年的茹志鹃对儿女生活上的关心可谓体贴入微。有一次王安忆回娘家，说起她闻了隔壁人家的“梅干菜烧肉”，香得她都馋得流口水。茹志鹃听后，赶紧也烧了一碗，专门给安忆送去。茹志鹃夸外孙攀攀时候更是满脸笑容，两眼发光。那种神情深深地让人感动。

1994 年，我们家的孩子高中毕业。正处于叛逆期的小家伙能不能如愿考上高等院校，我们心中颇为忐忑。可怜天下父母心，为增加保险系数，我们请茹志鹃给高校写了一封推荐信。茹志鹃欣然命笔，在信中说了我家那小子许多好话。后来，小家伙临考前最后三个月发力，以高出“一本”录取分数线 30 分的成绩，如愿考上第一志愿。茹志鹃的推荐信虽没用上，但她对下一代如此关爱却令我们难忘。

《上海文学》执行副主编、评论家周介人终于病倒。1998年春天，年老体弱的茹志鹃去医院探望。作为周介人的前任，曾经担任过上海作协党组书记的茹志鹃，深知办一本纯文学刊物的艰难和苦衷。面对十年殚精竭虑、衣带渐宽的周介人，她饱含深情地自责："小周，我退下来的时候正是刊物最难的时候，你为这本刊物消耗太多心血，你的病我有责任，我对你不住。"病榻上的周介人被这番剖心沥胆的话，牵连出满腹的甜酸苦辣，几乎难以自持。

《上海文学》当时刚转型为自负盈亏，如何维持一家高品位的纯文学刊物的生存，周介人常常为之焦虑不已。无奈之下，他好几次拉着茹志鹃，借着她的"天下谁人不识君"的声望，四出"化缘"。去河南的一次笔会，从某种角度而言，也是一次"化缘"。为争取当地企业的赞助，茹志鹃也发放名片，年轻的作家们笑话她那样子就像抓糖果。她也笑，她说："我不习惯呀，发不来名片呀！"为了主动去承担刊物这一段原本不属于她的艰难，茹志鹃一次次地勉为其难、四出周旋。从河南回来不久，她又应南通市女市长的邀请，去那里访问。同行的除了周介人和负责广告的王和平外，作者只有陈村和殷慧芬，可称是一次范围极小的笔会。坐船去南通的途中，殷慧芬又与茹志鹃同一个房间，这是她又一次更近距离地观察和了解茹志鹃的机会。周介人开玩笑说："殷慧芬，《上海文学》待侬好哦？茹老师待侬好哦？"

周介人煞费苦心，撑着茹志鹃这面大旗争取赞助。短短两天，茹志鹃与其说是在主人的安排下，还不如说是在周介人的"授意"下，访问农民企业家，参观饮料厂、空调器厂，频繁接待来访客人，一刻不停。为了可能获得的对文学事业的经济资助，她每晚要忙到深夜。在丰盛的餐桌前，她常常只是疲惫地喝着茶，每次都声明，她只要吃碗面。殷慧芬看着茹志鹃累乏的状态，心里紧紧的，既有一种为困境中的《上海文学》的悲哀，也有一种感慨，茹志鹃、周介人他们如此奔波、呕心沥血，不就是为像她这样的年轻作家提供一个干净的园地吗？

茹志鹃、周介人、陈村、殷慧芬在南通

1998年8月，56岁的周介人去世，给了茹志鹃“很闷”的打击。不久后，她也病倒了。

那一年的一个秋日，我陪殷慧芬去华山医院探望病中的茹志鹃。

病房很安静，茹志鹃穿一身蓝色病人服，坐在靠门口的地方看书，光线从窗外射进来，照着她花白的头发，显得清清爽爽。看到我们走进病房，她面露笑容，然后就不停地与殷慧芬说话，话题自然离不开殷慧芬那时的创作。殷慧芬说她正在写一部反映工厂生活的长篇小说，她连说好好，你几十年的工厂生活积累，千万不要丢。殷慧芬说的那部长篇，就是后来获得多项殊荣的《汽车城》。

与殷慧芬说话的时候，茹志鹃不时向窗外张望，天色稍有阴沉，她又为我们担心：“天要下雨了吧？你们住郊区，路远，回家不要淋到雨噢。”听她这么说，我不由想到我母亲，每次去看她，她也总是要我们早点回家。她们的心里总先想到晚辈。

临近四点的时候，茹志鹃开始看手表，她说外孙攀攀要来送菜，"烧的是甲鱼汤，是攀攀一手采购、洗净、烹烧的。攀攀会煮很好味道的菜。"说这话的时候，她脸上的表情俨然是个外婆。仿佛真有心灵感应，不久，一个二十岁的大小伙子小心地提着保暖壶跨进了病房，口袋里还揣着送给外婆的袖珍激光唱机，唱机里是一张怡情养心的唱片《天空和星座》。茹志鹃心疼地替他擦汗，看不够似地说："攀攀呀，是我的'一帖药'呀。"在攀攀"一帖药"的催促下，老太太品着外孙烧的甲鱼汤，眉开眼笑。

这样甜美的、很平和很家常的时光，居然不能永远。1998 年 10 月 7 日，茹志鹃与我们天人两隔，她去世的时候 73 岁。

站在茹志鹃家里的灵堂前，瞻仰着她的遗容，那是张多年前她在作协大院里照的相片，照片上的茹志鹃在夏日的阳光下笑得十分灿烂。当年她曾毫不忌讳地说，以后这就是我的遗像呀。一语成谶，茹老师带着这样单纯的笑容离开了人世。

不约而同的，很多人都送了洁白的百合花。灵堂里飘逸着淡淡的花香。按照老师在小说《百合花》里的定义，百合是象征着“纯洁和感情的鲜花”。这样的花又何尝不是老师人格的象征呢？

茹志鹃逝世几年后的一个夜里，殷慧芬梦见了她。还是在愚谷邨茹老师的家里，好几个青年作家围着她，她坐在那张床上与年轻人讲小说。分别的时候，她把殷慧芬拉在一边，悄悄说：“我搬过地方了，侬来白相噢。”殷慧芬好生奇怪，几天后遇见王安忆，说起她在梦中所见，王安忆也惊异：“是搬过地方了啊！”因为2003年王啸平老师的去世，龙华陵园为让安忆父母的骨灰盒放在一起，果然挪动了茹志鹃老师的灵寝。

那里就是我们每逢清明、冬至将近时前去拜谒、献花的地方。

自然界的百合花会凋零，茹志鹃的《百合花》却永远飘香留芳。

局外树

邵燕祥（1933—　）

我自长安局外树，花开万朵伴生民。

——邵燕祥：《塘栖古镇拜唐梅闻系开元年间所植》

1

与邵燕祥老师相识，殷慧芬比我更早。

2003 年 4 月，著名作家鲁彦周在安徽宣城敬亭山组织笔会，以茶会友。殷慧芬也在应邀之列。回来后，我问她，有哪些人参加？她说："都是鲁彦周的老朋友，邵燕祥、王火、邓友梅等等。其中有吴泰昌，他说上世纪七十年代，到上海来组稿，还见过你。”那时，我已淡出文坛许多年，有些事情在记忆中早已模糊。但鲁彦周、邵燕祥、王火、邓友梅等大家的名字仍如雷贯耳，为人为文，都是我人生追求的标高。

早在九十年代，上海远东出版社曾有一套“火凤凰文库”问世，其中一册便是邵燕祥老师的《沉船》。他亲历的那段人生让人读后刻骨铭心。《我死在一九五八》、

殷慧芬与邵燕祥、王火夫妇在敬亭山笔会

《罪与罚》、《人怎样变成垃圾》等篇章，许多年过去了，我仍记忆犹新。他对自己的孩子说：“总而言之，从那一天起，我就变成了‘历史的垃圾’。”“你们的妈妈就成了拾垃圾的妇人。”面临厄运，他仍调侃自嘲，让人更有一番辛酸。更辛酸的是他另一段记叙：“你们上幼儿园了，你们上学了。‘你喜欢你爸爸吗？’‘喜欢。’‘你爸爸是坏蛋。’说这话的是有权威的幼儿园老师。当然还有各式各样的人，……说出那蔑视的话就像刀尖，从耳朵扎进你幼小的心里……我对不起你们啊！”

我们都曾为人子为人父，读着这一段，一种悲怆让我心胸顿时窒闷。

“我的新中国从八九点钟的早晨，经历几阵突来的风雨，进入一个长长的暗夜。”邵老师如是说，饱含着他的沉重思考。

宣城笔会结束，殷慧芬从那里带来了我喜欢的“敬亭绿雪”。我问起邵燕祥老师近况，她说邵老师很幽默，充满睿智，大家都喜欢听他说事。

即使在“沉船”的年代，邵老师说，他的一颗对人民的“拳拳之心，却没有沉沦海底，没有随汪洋而俱去”。

2

笔会之后，殷慧芬和邵燕祥老师常有电话书信往来，邵老师有新书出版，也时有寄来。扉页上常有他写的短句，如：“慧芬暇时翻翻，随手放下，千万莫伤眼睛！”

邵燕祥老师寄来新书，扉页上常有他写的短句

有时意犹未尽，有话没说完，他会写一张小纸条，补粘在扉页，如：“读到你在《文学自由谈》上纪念老鲁的文章，我有同感。”字句虽短，关爱之情却不短。

2009年底的一个夜晚，电话铃响。我接听后，听是邵燕祥老师从北京打来的，就把听筒递给殷慧芬。殷慧芬听了一会，说：“邵老师是找你的，夸你的文章呢！”我有点意外。这天，我恰有一篇题为《梦见世襄老人》的文章在《解放日报》“朝花”副刊发表。

电话中，邵老师说：“没想到你那么崇拜王世襄，要不，他在世时我是可以介绍你认识的。”邵老师与世襄老人关系非同一般。至此，我真有失之交臂的后悔。不仅因为我是个“世襄粉”，更因为我失去了可以更早与邵老师见面相识的机缘。

我仰慕邵老师已久。我读过章诒和先生的《三千丈清愁鬓发，五十年春梦繁华》，其中说到“……有谁相邀，我总盘问人家：‘有没有邵燕祥和谢大姐（他夫人谢文秀）？’这很无礼——人家作东，你凭啥挑三拣四？但我克制不住，理由很简单：有他（她）在，会面是享受，回忆有收获。”“……但凡有邵燕祥在场，我便向他夫人提出申请：‘请谢大姐让让，我要坐在邵先生身边，好沾点灵气儿。’”

章诒和说：“邵先生聪慧是学不来的。”

我与章先生未曾谋过面，但读过她不少作品，命运坎坷，却又耿直桀骜。这么一位秉正的先生尚且如此着迷于邵燕祥，邵燕祥具备着怎样的魅力？有着怎样的磁场啊？

那夜，与邵老师通过电话后，我要去北京拜访他的念想越发迫切。

2012 年 7 月，我们在北京拜访邵燕祥老师

2012年7月，我们有在中国作家协会雾灵山创作之家疗休养的机会。我计划从河北回上海路过北京时去拜见邵老师。

7月6日，我们给邵老师发邮件。第二天，邵老师知道我们要去，回复："北京人民欢迎你们！"非常幽默，"你们哪天下山进城？哪天离京南下？望告日程；又问你们在京还想见谁，盼示，可代约一聚。"令我感动的是，他此时仍关心殷慧芬的眼睛，说："估计慧芬因视力关系，看不清手机上的短信，这一点我忽略了。对不起！"

几小时后，邵老师得知我们7月12日从河北到北京，又发来邮件：

慧芬、耀福：

你们12日回市区，我们就在13日见面吧，赶早不赶晚。不知你们住哪儿，我家地处边远，选一个交通方便较适中的地方：东四（牌楼）的娃哈哈。可以边吃边聊。饭后，你们就近可以步行到旁边不远的美术馆，三联书店，然后是北京大学红楼，再往西一两站地，就是景山，北海，团城；景山对面是故宫北门（但好像北门只作出口，不许进入了），北海对门就是中南海，可惜也只能从桥上看看……时间：13日，星期五，中午十一点半。刚才短信上，约的是十一点，是写错了，应该更正。现在北京出租车不大好打。不过可乘地铁，很方便。不论从哪条线上车，都可转到五号线，在“东四”站下车，从D出口即西南口出站，左边斜对面就是娃哈哈的楼宇了。娃哈哈电话是：8409，5866。不知写清楚了没有？

燕祥、文秀上。

读着邵老师、谢大姐这份十分仔细详尽的邮件，我们即刻回复：

邵老师、谢大姐：

您们好，你们想得太周到了，我们此次赴京，主要想拜访你们，楼耀福在好多书刊上读到关于你们的文字，一直对你们心存敬意，能当面聆听你们关于做人做文的教导是他一直在念叨的事。因此十分高兴13日的安排。至于怎么走，请邵老师谢大姐放心。祝好。

殷慧芬、楼耀福

3

我确实在好多书刊上读过关于邵老师的文字，在书店，凡见邵燕祥著，必购。有些文章一时在书刊上找不到，便在互联网上搜索、下载。比如章诒和先生文章《三千丈清愁鬓发，五十年春梦繁华》中提到的《二〇〇七——新年试笔》。邵老师在文中说：

一直到世纪末，杨宪益夫人、英籍翻译家戴乃迭逝世时，杨宪益之妹杨敏如教授在一篇悼念文章中，说到了戴乃迭"文革"期间的牢狱之灾和丧子之痛，最后说了一句话："我要替我的国家向你说一声‘对不起’！”看到这里我忍不住两行老泪。这句话是应该由杨敏如来说的吗？我虽也在反右和“文革”中受到冲击，但我是不幸中的幸者，比起已死的人，我活了下来，比起破家的人，我尚有枝可依，我能不能向所有1949年后的无辜死难者说一声“对不起”！？但我深知，我这不又是没有“摆好自己位置”的严重越权吗。我只能在夜深人静的时候，默默地向自己的良心念叨，然而，对于受迫害的死者和他们的亲人后代，这有什么意义？我一个个体的再深重的负疚之情，又有多大的份量？

读到这里，我感慨良久，说一声“对不起”，在一些人那里就那么沉重？！

在我下载的文章中还有一篇《鼓掌的历史》。邵燕祥写道，“据说在一次什么集会上”，“斯大林光临，于是照例掌声四起”，“然而问题来了，谁第一个停下不再鼓掌”，“谁也不傻，都不肯做这出头椽子，互相观望，互相等待，掌声便在全场‘经久不息’，经久不息，经久……不…… 息……大家的手掌、手腕、胳膊肘和肩膀都累了，终于有一位坚持不住，一个掌心落在另一个掌心，没再抬起来，就在这一霎，全场的掌声也戛然而止。会后，这第一个停止鼓掌的人就失踪了。”

读到这里，我心情难平。“是紧贴在他身边的人告密的吗？”邵老师这样想，我也这样想。想得更多的还有独裁者的专制、鼓掌者的人人自危……一种恐怖的感觉从脚底升起……

这“鼓掌的历史”如今结束了吗？我心中不由悲凉和沉重。

我买过邵老师的杂文集《柔日读史》，出版社在书的腰封上如此推介：“他 20 年前就说过‘劫富济贫’历来是流氓无产者的口号；而流氓有产者的行动则是‘劫贫济富’。”

我听说过流氓无产者“劫富济贫”，却从未听谁说过流氓有产者“劫贫济富”。在觉得新鲜的同时，我觉得太深刻，这“劫贫济富”的流氓有产者，说的是谁?

1946年，邵燕祥13岁就在《新民报》发表作品，那一年我刚出生。七十年来，他从未停下这支笔。他诗作的炽烈和杂文的犀利，我读后每每感怀不已。他的诗，如谢冕所说：“以他饱含着欢乐、激情、还有带着伤痕与血泪的沉重的歌唱，在漫长的岁月中以勤勉的创作，完成了一部丰富而复杂的诗的当代史。”更让我钦佩的是，上个世纪九十年代起，邵燕祥老师陆续出版了《沉船》、《人生败笔》、《找灵魂》、《一个戴灰帽子的人》等人生实录，一次比一次更深刻地剖析自己，不回避曾经的迷失，勇敢地“自我撕裂”，实现和完成着一个知识分子的自我救赎。我想，有多少同样经历的中国文人能做到这一点?

2016年7月，邵燕祥又一力作《我死过，我幸存，我作证》出版。该书以他亲身经历为基础，记述了1945年至1958年的中国社会。是史料，更是深刻的反思。书名源自卡夫卡的一句话：“无论什么人，只要你在活着的时候应付不了生活，就应该用一只手挡开点笼罩着你的命运的绝望……但同时，你可以用另一只手草草记下你在废墟中看到的一切，因为你和别人看到的不同，而且更多；总之，你毕竟经过死亡，你是幸存者。”

邵燕祥堪称“中国文学界的良心”，他的一生，就是一本大书。

4

7 月 13 日，我们提早几分钟到相约地点，北京一个叫“娃哈哈”的饭店。

大厅里一位老人穿一件白色圆领汗衫，短裤，拉着辆可折叠的小车，上面是些简单的包包。我一看正是邵老师，一旁是他夫人谢大姐。他们刚从郊区回市区，坐的地铁。

在餐厅，谢大姐说，选择“娃哈哈”这家饭店，除了地理位置方便外，是考虑我们从上海来，吃得惯杭州菜。一个细节，都考虑得如此仔细，我真有点感动。

坐下后，我发觉邵老师的耳朵已经不大好使，说话非得大声才行。我的普通话本就洋泾浜，常常还得请谢大姐翻译转达，好在谢大姐本是上海大家闺秀，上海话是她的家乡语言。

我说："我对邵老师一直心存敬意，今天能当面聆听，很难得，很开心。"

邵老师谦和地笑笑，问了些我们在雾灵山的情况，都有哪些作家朋友？

我们一一告知，说："叶兆言知道我们要来看你，专门要我们代为问候。"

邵老师说："蛮好叫兆言一起来的。"

我说："江苏作家集体行动，昨天都一起回南京了。"

后来我才知道兆言的父亲叶至诚 1957 年也被打成右派，与邵老师是好友。

邵老师是去过雾灵山创作之家的，我没记错的话，他的一篇《关于胡适之死》就是 2009 年 7 月在那里写的。文中提到的句子有的虽是别人所说，却仍很有意思。“蒋介石使用‘两手’策略，他也许把专政当本钱，把民主当利息，本钱充足的时候，不妨拿出利息来让你们挥霍一下，可是雷震后来要动他的老本，那只有鱼死网破！”“蒋经国上台执政，他好像有新的领悟，民主自由才是本钱，专政才是利息。这一念之转善果累累，他在利息耗尽以后保住了老本。”

民主自由才是本钱。迈出这一步，有多难！?

邵老师向我们说“无产阶级专政”年代的1957年。那一年，如果有谁要说“民主自由才是本钱”，其命运是可想而知的。

1957年元旦，《中国青年报》曾用整整一版刊登了组诗《一九五七：好！》，作者正是邵燕祥和舒小兵、沈仁康。诗的题目是从马雅柯夫斯基那里来的。马雅柯夫斯基最著名的长诗除了《列宁》，就是这首《好》。后来，马雅柯夫斯基说，他还想写一首《不好》，批评当时苏维埃社会的消极现象。邵老师说：“我很欣赏这个创意，而且也想这么做。马雅柯夫斯基的《不好》还没写出来，他就自杀了。我的《不好》也没来得及写，1957年的事变就发生了。”

邵燕祥的诗歌《不好》虽然没来得及写，但他的不少诗歌和文章已经在批评当时体制中一些官员的“不好”，比如发表在1957年第1期《文艺学习》上的《去病与苦口》，他认为：文学作品应该不惮于直写共产党干部的错误、缺点和弱点。1957年他虽然没有更多的文字，但此文以及他之前的一些诗文，已经足够让他陷于1957年的“事变”中，成为所谓的“右派分子”了。

叙述这些沉痛往事，邵老师依然十分淡定，这让我想起在他的一本著作中看到过的一张照片，那是1958年春，他已被划为右派，在下放之前告别家屋时，他还在微笑。许多人曾问：怎么还笑？邵老师说，他也说不清。他说，贾宝玉丢了通灵玉，不也傻笑吗？他说那时的放松，还有一个原因，是他觉得还是逃离机关的好，不管怎样，他开始的是一种新生活。

可是，那是一种怎样的新生活？饥饿，劳役，挣扎，死亡，蒙受种种耻辱……我想想都觉沉重！

谢大姐对我们两位上海老乡非常亲切。1953年，她从上海复旦大学新闻系提前毕业被分配到北京，一呆一个甲子。对上海，她一直深情怀念。有一年她回家探亲。当时的佣人一时还改不了多年习惯，仍然叫她“小姐”。里弄干部知道了，马上找她谈话，要她关照佣人，新社会了，不许再叫“小姐”。过去，她父亲有小轿车。回家探亲时，她和父亲坐公共汽车，老父亲嘀咕了一句：“房子么，越住越小；车子么，越坐越大。”她只能劝父亲想得不要太多。

我曾读到过一位朋友的文字，说他认识一位谢先生，一个当年从新疆逃回上海的衰败的大家族后裔。1949年后，谢府家道中落，母亲变卖林风眠康有为于右任字画度日，男人们有被抓入狱。七十年代末，平反昭雪，谢先生的叔叔被关了近三十年，回家看到家眷挤在汽车间里，竟然问，你们怎么住这种地方，我们的花园呢?

读到这里，我有点辛酸，不由想，这个谢家与谢大姐有关系吗?

谢大姐来北京六十年，历尽坎坷。工作没多久，她这个才二十出头的上海小姑娘差一点在“肃反”中被打成“暗藏的反革命”。1957年的反右，她又被列为“中右”，没被打成“右派”，原因之一是家里已经有了邵燕祥这个“右派分子”。

回忆往事，谢大姐写过一篇题为《碎片》的文章。我读着，满含辛酸。“碎片”两字，不仅仅是因为文体，更因为是这个爱诗的倔强女性心碎之片。

谢大姐仍对上海心有所钟。即使现在，离开上海已这么多年，她在北京，大凡听到有什么上海点心、小吃，在哪家店铺有售，她都会专门过去购买。思乡之情，经常在这些不经意的细节中流露。

我带了几罐碧螺春茶给邵老师和谢大姐。另一盒我去坝上大草原时买的鹿茸片，他们却无论如何不肯收下。谢大姐说，收下碧螺春茶，是因为有江南情结。

邵老师的父亲是浙江萧山人。我与邵老师见面的消息在微博上一传开，萧山一位网名“临浦杨敏生”的说：“告诉邵老师，杨敏生正看你们照片呢。”我向邵老师转达后，邵老师立即回忆起杨敏生陪他寻根的情景。网名“钱塘水牛”还找出 1985 年，邵老师书赠友人的诗：“年少头颅掷未成，老撑侠骨意纵横。长空万里书何字，鸦雀无声雁有声。”说邵老师自己也是“老撑侠骨意纵横”，充满敬意。叶兆言也跟帖说，邵叔叔是他敬重的前辈，也是他父亲在世时屡屡提到的好友。

邵老师和谢大姐想江南，江南的老朋友也想他们。我和殷慧芬便顺势热烈邀请：“二老为什么不多去江南、去上海走走呢！

邵老师说，他们本就计划第二年去江南。

于是，我们相约 2013 年在上海见面。

5

2013 年开春，我一直留意关于邵老师和谢大姐南行的信息和行踪。4 月 19 日，从“临浦杨敏生”的微博中得知邵老师夫妇已回萧山。我即请杨先生转达问候，并期待他们来上海，强调是前一年在北京时的约定。

在等候邵老师的日子里，我看到章诒和先生 4 月 23 日的微博：“出生于 1933 年的邵燕祥今年八十，香港牛津大学出版社精心编辑出版了《邵燕祥自书打油诗》，以为祝贺！‘学成半瓶醋，诗打一缸油’杂感专家鲁迅就说过：要将一腔愤怒，借着笑的幌子，哈哈地吐了出来——闲来

邵燕祥夫妇来嘉定

读读吧！这里面有诗人的哀乐，有心中的火与灰。”

看着那本样书的漂亮封面，我对邵老师的思念更切。

谢大姐终于来电话了，说他们“五一”来嘉定。

那天，邵老师夫妇俩是坐地铁 11 号线来的。之前我还说要去接他们，他们坚决不让。说是地铁方便。这次来，他们赠我一罐“大山坞”安吉白茶，说是杭州作家

邵燕祥老师在嘉定孔庙

王旭峰所赠。“两罐转赠其一，算是半壁江山。”邵老师依然风趣幽默。

春季，正是嘉定白蚕与蒜苗上市时，嘉定白蚕与蒜苗的香糯久负盛名，上馆子不一定能吃到，我自己采购自己掌勺。邵老师食之连称其美味，称南下近一个月，此餐最合他意。

吃着家常菜肴，邵老师又说王世襄是个地道的美食家，不仅自己能做，而且能非常专业地品评。一些名厨很在乎世襄老人的评价，每有“新作”都以能请他品尝为荣。香港有个叫土哥的，父亲曾是某省书记，上世纪八十年代末，因政见不合，父子反目，土哥南下一心钻研厨艺，不问时政。一日来京，说要为世襄老人做几个菜，自带食材、调料和全套菜具，在邵老师家厨房操作。王世襄喝一口土哥做的煲汤，夸其“神品”。邵老师还专门写了“神品”两字，以佐证此事不虚。邵老师对我说：“王世襄喜欢的，你都喜欢。”我点头称是。

午后，我们陪邵老师游览嘉定孔庙，他称赞宋代的古迹能保护至今，很不容易。邵老师第一次来嘉定，他

在"敬茶坊"喝茶，听邵燕祥老师说古论今

说他最早了解嘉定是从"扬州十日"、"嘉定三屠"开始的。游罢州桥老街，我们在"敬茶坊"喝茶，听邵老师幽默深刻的说古论今。

其间，我提到他刚出版的《邵燕祥自书打油诗》。

邵老师说："你看到了？我还没看到呢！"

我说："我是从章诒和先生的微博上看到的。诗好字好，真漂亮。"

邵老师答应拿到样书后一定寄我们一册。

傍晚，邵老师夫妇要回市区宿地，得知他们住在莘庄附近谢大姐亲戚家，回去乘坐地铁要换车，我坚持要开车送他们至宿地。

到了莘庄地铁站，谢大姐说什么也再不让我送。她说，坐地铁也就一站，已经很方便了，你再开回嘉定会很晚的。

我拗不过她。

看着两位老人的背影，我又想起前一年，与我们见面后，他俩走往北京地铁站的情景。

满以为短短的嘉定一日游已画上句号。岂知没多久，我在《新民晚报》“夜光杯”副刊读到邵老师《云水山房散诗》一组。其中一首《初来嘉定感怀》，让我怦然心动：

史以真实能发聩，城因屠戮久知名。

只缘某是清兵后（家母为满族血统），独向郊原吊冥灵。

难怪邵老师一到嘉定就说“嘉定三屠”。在嘉定这块土地上，仅因家母是满族血统，他便“独向郊原吊冥灵”，他胸中涌动的是怎样的一种情怀？！

我想起他的著作：《人生败笔——一个灭顶者挣扎实录》，收录他在“文革”期间所写的各种交代材料，他在书中痛心疾首：“无论违心的或真诚的认罪，条件反射的或处心积虑的翻案，无论揭发别人以划清界限，还是以攻为守的振振有词，今天看来，都是阿时附势、灵魂扭曲的可耻记录。在我，这是可耻的十年……”我读这本书，仿佛看见邵老师用刀在解剖自己。作为“文革”的受害者，他的忏悔，让人深深感动。

说一声“对不起”，在有些人那里似乎很难，而邵老师却以深重的负疚之情，凭吊几百年前被清兵屠杀的嘉定百姓。如同前西德总理勃兰特在波兰犹太人墓前的跪地忏悔，邵老师同样让我有一种心灵的撼动。

6

邵老师回北京不久，寄来他的新书《邵燕祥自书打油诗》。扉页上有他亲笔题签："慧芬耀福贤伉俪雅正，燕祥赠，癸巳小满。"我捧读之，自然爱不释手。

邵老师在这本书的《小引》说他写诗是"半路出家"，"属于'熟读唐诗三百首，不会吟诗也会诌'的那些人里的一个"。2005年，邵老师出过一本《邵燕祥诗抄·打油诗》，我们也有幸获赠。获得新书的同时，我找出2005年的那本，一并赏读。

邵老师并不看轻"打油诗"。与非"打油诗"一样，好坏的标准是"有没有诗味"。如同诗中杂文，邵老师的"打油诗""状写民生疾苦"，如1961年，一首《满江红》："何物苍天！连天价，与人作孽。几多顷，禾苗枯槁，旱云明灭。忽报山东四月雪，又传河北多龟裂。没来由，更起打头风，横肆虐。"天灾人祸给中国农村带来的深重灾难，让他深觉忧患。

邵老师也为师友写诗，《挽沈从文》："每因不死曾为鬼，得到无求可作人。"《安顺道上赠舒展》："避席难逃文字狱，著书犹带辣椒魂。"《贺韦君宜八秩大寿病中》："已经痛定犹思痛，曾是身危不顾身。"《题丁聪作李锐漫画像》：“自由不是无情物，化雨随风入万家。”《惊闻胡胆遇难，口占一绝以慰胡征》：“夺了自由夺自尊，夺了青春夺子孙。我欲无言哭无泪，长安天又丧斯文。”

诗中没有闲情逸致，却在“打油”中反思，令人击节称赞。

新书《邵燕祥自书打油诗》中仍有多首为师友所写，如《感事二首，赠杜导正、徐孔亚》：“无私无畏证行藏，义帜今擎八万张。民主不能行海内，夜谈未必出天方。”又如《贺胡绩伟老人九秩大寿六绝句》：“哀莫大于心不死，愿景遥遥未可期。难得老人能彻悟，城东不斗少年鸡。”等等，读来依然令人感慨。如果说1961年，他的一首《满江红》是一种忧国忧民，那么这些诗句更是他的一种民族忧患。

“寸心未许杂痴黠”、“岁月难磨意态真”（《无题——拟龚自珍》），“不攒眉，不折腰，蔑权贵，付一嘲。左脸哭，右脸笑，开心颜，长啸傲。诗人与济公，千古为同调。”（《题天台赤城山济公院》）“年少头颅掷未成，老撑侠骨意纵横。长空万里书何字，鸦雀无声雁有声。”

（《赠友人》）“来生哪似今生重，形下何如形上宽。漫道初飞曾铩羽，苍茫大块任盘桓。”（《八十初度》）尽管邵老师一生坎坷，命运多舛，大半人生过去，他的脊梁依然挺拔，风骨丝毫不减。

在新书《邵燕祥自书打油诗》中，邵老师说他“只是写的毛笔字”，“距有久远传统和严格法度的中国书法甚远”。邵老师太自谦了。好多年前，我在金山枫泾丁聪纪念馆看到过邵老师的书法，四尺整张，很清秀儒雅的文人字。我倒觉得，有时写字太讲究法度，反倒匠气。文人的字倒常常有真性情在。我喜欢邵老师毛笔字中的真性情。

邵老师和谢大姐在嘉定时，我曾毫不掩饰我的喜欢，还曾提到挂在丁聪纪念馆的那张字。邵老师笑笑，说他写大字现在有点困难。但他似乎知道我心思，回北京不久，他就为我们寄来他的“毛笔字”。那是他在《新民晚报》“夜光杯”副刊发表的《云水山房散诗》中的一首：

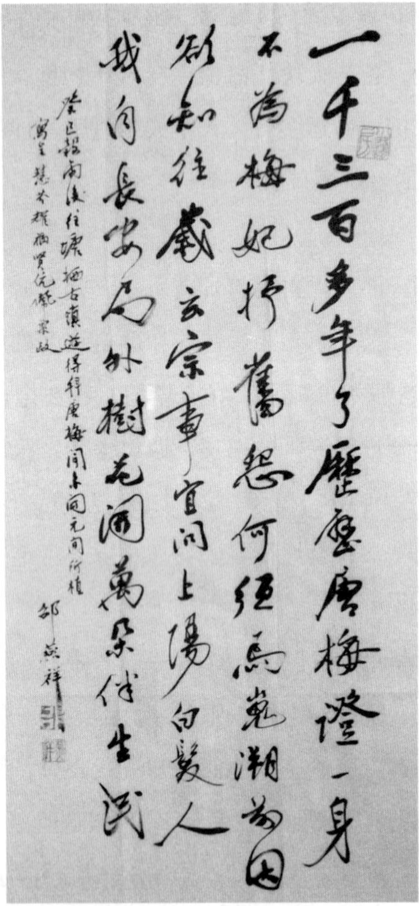

邵燕祥老师为我们写的“毛笔字”

一千三百多年了，历历唐梅证一身。
不为梅妃抒旧怨，何须马嵬溯前因。
欲知往岁玄宗事，宜问上阳白发人。
我自长安局外树，花开万朵伴生民。

癸巳谷雨后往塘栖古镇游得拜唐梅闻系开元间所植，写呈慧芬耀福贤伉俪粲政。邵燕祥。

邵老师的这幅字我装裱后，挂在客厅醒目处。

见字如见人。江南之行，邵老师借唐梅赋诗抒怀，我每每诵之，击节称好。有时我站着看久了，觉那梅树，历经风雨冰霜，竟会幻化成邵老师的音容笑貌，而他的等身著作，以及让人百读不厌的新诗旧词，就像那棵树上满绽的梅花，飘香万里。

“花开万朵伴生民”，正是邵老师的写照。

7

2014 年的中秋前夕，邵老师给殷慧芬写了封信：

……现在还记得你家的格局，在小桌边围坐品茶的情景，和同游文庙，同上老式茶楼的片断记忆。红尘扰扰，我们久已无此闲情，“北上广”大概都一样，——你们的嘉定，如同我们的密云，属于“卫星城”一级，可能多少会“减压”。而大城市似乎本来就只适合中青年拼搏，如同老旧年代所谓“名利场”一样。这样想的时候，才切实感到自己老了，想“退出”这一切。然而虽已“淡出文坛”，对社会，对公共生活还是未能忘情，有时难免要发点街谈巷议，想也该渐渐减免才好。

同辈人都年登耄耋，更不用说比我们年长的师友连续凋零，健在的亦出门不便，朋友圈聚会，一年不过几次，且往往需有子侄辈陪同，慢慢压缩到只是互相祝寿，庆生，热闹一下了。因此深深体会你远居郊区，好处是离大都会的喧嚣烦扰远了，但同时会有“费尔巴哈式的寂寞”，真是难以两全的事。

幸亏你们老楼身心均健，既联系着当下的社会，又同你相知相洽，可以默契，可以谈心，你们的大小环境不错，由衷地祝你们健康快乐每一天，加倍珍惜每一天，过好每一天。

读着信，我沉默很久。我被邵老师那双洞察一切的眼睛视作“身心均健”，自然受宠若惊。如今世上，身健似乎并不稀罕，心健却颇难得。邵老师年过八旬，思维依旧敏捷清晰，为当今中国文坛青松，心健依旧，当是我楷模。

邵老师信中说他已“淡出文坛”，但是依旧关注社会公共生活，难免发一些“街谈巷议”。邵老师的“街谈巷议”，绵里藏针，柔中带刚。了不起的是，他还把他的“街谈巷议”不断化为文字，脍炙人口，或发人深思，或振聋发聩。

邵老师每有新著问世，有时他会寄我们，而我每在书店见之，总迫不及待揽入怀中。2013 年之后，我先后得到《柔日读史》、《坐看云起时》、《一个戴灰帽子的人》、《痛与痒》、《一万句顶一句》、《我死过，我幸存，我作证》等著作，每读每新，每读我仿佛觉得又与邵老师面对面，听他不紧不慢，娓娓道来的言说，感受他的古道侠肠、疾恶如仇。

邵老师，好一棵“花开万朵”的“长安局外树”！

抬轿人

江曾培（1933—　）

盘陟崩石来无端，山前突兀复有山。肩舆十步九扶掖……

——清·林则徐《镇远道中》

比喻编辑这个职业的，有不少词句。江曾培在他的随笔集《抬轿人语》中说："编辑，历来被称为'为他人作嫁衣'的，对'坐花轿'的作者来说，它确乎是一种'抬轿子'的行当。"

林则徐诗《镇远道中》有"肩舆十步九扶掖"句，

这“肩舆”就是抬轿的意思。

“抬轿”，扶掖后学，是江曾培的大半人生。

1

江曾培曾被著名作家冯苓植称作“大师级的文学编审”（修晓林:《文学的生命》第 470 页）。1973 年 11 月某日，我的小说处女作《拉幕的人》在《文汇报》副刊发

作者与江曾培夫妇在全椒参观吴敬梓纪念馆

表，同一版面另有一篇千字随笔，作者正是江曾培。虽然，两人的文字不可避免的都有那个年代的烙痕，但冥冥之中却预示了我与这位“大师级的文学编审”的缘分。

据江曾培在他的《半生出版岁月》中回忆，1973 年那时，他已被“解放”，从“五七”干校被分配到上海人民出版社文艺编辑室工作。

被发配到“五七”干校之前，他是《新民晚报》十分活跃的记者，许多署名“晓江”的文章都出自他的手笔。再之前，他是华东团校第二期的学员。

江曾培的这些经历，我听他说过。有一年，他的家乡安徽全椒举办纪念吴敬梓活动，我有幸与他同行，听他讲了许多往事。

江曾培的祖辈是全椒望族，祖父在县城经营一家大布庄，有土地、房产，担任县救济院长、县商会常委等职。江曾培是长房长孙，倍受祖父宠爱，出生后，举行盛大的“满月”仪式，全城众多亲友参加庆贺。日寇侵华之后，家道中落，十四岁那年他初中毕业，家里经济已捉襟见肘。为到南京上高中，他步行至滁州，然后搭上棚车，开始浪迹天涯。为了不吃“嗟来之食”，到了南京，他在安徽会馆落脚，晚上在戏台上铺一张草席当床入睡，十分清苦。

考入南京市立二中之后，江曾培仍常常“饥肠辘辘”。当时民主爱国学生运动如火如荼，口号是“反饥饿，反内战，反迫害”。饥饿中的江曾培常去参加这些活动，并办壁报抨击时弊。1949 年 4 月 25 日，南京解放，军代表进驻二中，他作为积极分子被聘为《新华日报》通讯员，同年 7 月，作为在南京的第一批发展对象，加入是年 4 月刚刚成立的中国新民主主义青年团。1950 年，他 17 岁，还有一个学期便可高中毕业，却被团市委通知调到华东团校学习。他算是正式脱产参加革命工作。

江曾培对家乡一片深情。离开全椒六十多年，他仍喜欢家乡的锅巴。夫人黄影虹弄不明白他为什么喜欢吃，对我说：“肚皮饿了就拿一块咬咬，当点心一样，绷绷硬的，他照样吃得有滋有味。”江曾培却笑笑：“小时候经常吃，那滋味忘不了。”

他无法掩饰对家乡的浓浓深情。他更为家乡的人文历史骄傲：“我们全椒有二千多年历史，城里有座积玉桥，青石板上有马蹄印，传说楚霸王项羽飞马驰过时留下的。”

当然，家乡最令他引以为傲的是吴敬梓。胡适有言：“安徽第一个大文豪不是方苞，不是刘大櫆，也不是姚鼐，而是全椒县的吴敬梓。”上世纪七十年代，在全椒问及吴敬梓，当地官员竟反问：“是哪个公社的？”吴敬梓光耀全球烛照千古，可在他的故里竟被遗忘。江曾培心头一阵凉意。八十年代初，江曾培在故乡寻访吴敬梓遗迹，竟一无所得。吴敬梓故宅称“探花第”，是其曾祖、顺治年间探花吴国对所建，近十进，惜毁于咸丰年间兵火。他没见过故宅，却记得遗址门前有四座鼓形旗杆石，可惜那时也不见影踪，据说是“文革”时被人搬去砌井台、筑猪圈了。站在故宅所在的河湾街，面对水波荡漾的襄河，江曾培满腹惆怅。临别时，他再三建议全椒文化局领导对吴敬梓要有足够的重视，那四座旗杆石一定要找回来。

几年后，他再去故乡，吴敬梓纪念馆已落成。背山面水，飞檐翘角，他凭栏远眺，为家乡真正认识和重视吴敬梓而喜悦，四座旗杆石已被安置在馆前醒目处，成为镇馆之宝。

那天，我与他一起参观吴敬梓纪念馆，徜徉在厅堂廊庑，我欣赏和体会它的风貌和内涵。在四座重又找回的一米来高的旗杆石面前，我对江曾培心生敬意。

去全椒，我还与江曾培同游神山森林公园。神山位于全椒县城西北，虽无高山奇峻，却林海苍茫，草木吐香，不时有野鹭鸟禽在树丛中腾飞，让人感慨这原生态环境的幽雅。

很有名的神山寺就在山上。上山那天，除我们一拨，没别的游客，建于唐大历年间的神山寺素朴庄重之余显得清静冷寂，远无一般江南名刹之嚣闹。与金碧辉煌的寺庙比，它的黛瓦白墙更让我觉得像一位清贫却高贵的书僧，正是这种隐逸脱俗的风貌让我对它肃然起敬。如同山里的树木、天空、水池，神山寺清朗得一尘不染。唐代诗人韦应物《寄全椒山中道士》云：“今朝郡斋冷，忽念山中客。涧底束荆薪，归来煮白石。欲持一瓢酒，远慰风雨夕。落叶满空山，何处寻行迹？”那种意境，只有到了这山里才有所感悟。

游罢神山寺，我们在附近农家用餐。农庄临湖，湖面水碧如镜。服务员给我们每人泡一杯茶。茶汤青中泛白，叶芽在汤中缓缓沉浮，比一般绿茶的叶片阔一点、短一点、圆润一点，一叶一芽，色泽如同安吉白茶，叶脉清晰可见。我无以辨别这是哪路好茶。疑惑之间，江曾培哈哈笑了：“没喝过吧？不知道是什么茶吧？这是枣叶茶，有枣香味呢！”我喝一口，果然一股幽然的枣香，很清纯，含着些许柔柔的甘甜。面前飘袅的缕缕茶烟，这时也慢慢漾起同样的香味。茶在我喉间稍作停留，咽下后，生津回甘，回着山里枣子的甘甜。

我连说好喝。深爱家乡一草一木的江曾培喜形于色。他连枣树叶都要为家乡骄傲。

对家乡如此深情的江曾培正式加入革命队伍后，在极左路线肆虐的年代，为了避免被说成与商人兼地主的家庭没有划清界限，多年未回全椒。但他每月按时给家里寄钱以救父母生活之困，几个妹妹上学读书的费用也都由他资助。他没忘记他这个“长房长孙”的责任。

2

我们与江曾培交往频繁是在1992—1993年之后。那时，殷慧芬已在《上海文学》、《收获》、《小说界》等刊物发表了《厂医梅芳》等一批中短篇小说，为文学界和许多读者所称道。一日，她去上海文艺出版社，与郏宗培说起想出一本小说集。郏宗培哈哈一笑：“这可要我们‘江总书记’拍板的。”“江总书记”是熟人对于江曾培的戏称，那时他身兼社长、总编辑、党委书记。

郏宗培很热心地把殷慧芬引到江曾培办公室。江曾培听说过殷慧芬，表面很威严的他这时很爽快地一口应允：“好啊，扶持和培养上海本地的作家，是我们应该做的事情。”

这以后，我便开始着手为殷慧芬编她的第一本小说集《欲望的舞蹈》。我很挑剔地从殷慧芬百余篇小说中精

徐中玉、江曾培参加殷慧芬作品讨论会

选了 12 篇，约 26 万字。茹志鹃亲自作序。

1993 年 3 月小说出版。同年初夏，上海作协在嘉定举行殷慧芬作品讨论会，作协主席徐中玉、党组书记罗洛等出席并讲话。江曾培也参加了，他晚到几分钟，那是因为他难得来一次嘉定，顺便去看望住在附近的另一位年轻作家。

几天后，江曾培写了一篇题为《欲望的舞蹈》的随笔，发表在《解放日报》上：

上海的作家队伍中，有一颗年轻的“星”在冉冉上升，这就是女作家殷慧芬。她生活在工厂，写的作品大多是目前文学上少有反映的工厂生活，但又截然有异于过去那种枯燥乏味、见物不见人的“车间文学”，而是纵情笔墨去写人，写人的爱情、友情、兴趣、爱好、向往、追求。特别是一些与她年龄相仿的青年女工、女知识分子，被她描绘得栩栩如生。殷慧芬作品的出现，在一定程度上弥补了上海这个大工业城市现在在文学创作上缺乏反映工人生活作品的缺憾，同时又显示了对以往“车间文学”的突破。上海作协曾举行殷慧芬作品讨论会，是有意义的。

殷慧芬自1982年开始发表小说，迄今已发表作品近300万字。我读了她最近出版的中短篇小说集《欲望的舞蹈》。我感到她写人绘事，一方面轻柔飘逸，行云流水般地好读；另方面又深沉蕴藉，橄榄似地耐嚼。拿《欲望的舞蹈》来说，写的是一位年轻的女工，舞跳得很好，“一转身一凝眸都仿佛是一种倾诉一种感情的绽放。”她喜欢跳，同伴也乐于观赏。可是，在那个“革”文化“命”的年代，她却因此得咎。只有在那个可怕的年代结束以后，她才得以自由地舞蹈。她不时漂浮在清澈温馨的舞曲中，稀释人生的痛苦，抚慰人生的沧桑，增添人生的辉煌。这里叙述的是人的舞蹈的欲望，可作者的视点，却放在“欲望的舞蹈”上。这样一颠倒，作品的主题、立意就明显地升华了、普泛了。它所寄寓的，不再只是肯定某些人对舞蹈这一具体事物的爱好、欲望、追求，而是颂扬人所共有的对美好生活的欲求，否定那种虚伪的、有悖人性的、使生活变得苍白无味的禁欲主义。人的“欲望”需要“舞蹈”，也只有人的“欲望”“舞蹈”起来，才能更好地打破社会的禁锢，推动社会的发展。很明显，《欲望的舞蹈》这部作品的内涵，已超越它的故事载体，进行了耐人咀嚼的升腾。

……

此后，殷慧芬又在上海文艺出版社出版中短篇小说集《屋檐下的河流》、散文集《门栅情思》和长篇小说《汽车城》。江曾培亲自为《汽车城》作序，开门见山直言:《汽车城》是“工业题材文学的新成就”。他说，我国文学创作中工业题材的作品，一直是个薄弱的环节。“即使像上海这样一座工业大城市，写工业作品的作者也比较少。五六十年代，上海出现过一批工人作家”，“但并没有出现特别重要的力作。”他呼吁“时代的发展，需要我们改变工业题材文学薄弱的现象，加强这方面的创作”，“工业题材可以说是反映当前变革生活的一个聚焦点，理应得到更多作家的关注。”他说:“默默地在这方面积蓄力量的作家是有的。殷慧芬就是一位。”“她以多年的积累，奉献出长篇小说《汽车城》，超越了原有对工厂知青生活的描绘，以细腻的笔墨和雄伟的气势，展现了上海汽车工业的艰难起飞，以新的文化理念，描述了人性、人情、人欲在工业发展中的冲撞，传递了我国社会变革的最新信息，塑造了众多富有时代气息和鲜明个性的人物，为我国当代文学增添了一页新篇章。”

江曾培高度评价《汽车城》："文学要讲形象，但不可忽视思想。没有思想的形象是苍白的。阿·托尔斯泰说：'艺术——这是思想引起的喜悦。'《汽车城》在展示新时期生活的矛盾斗争中，与僵化狭隘的观念揖别，流淌着一种新思想新理性，如关于维护民族自尊问题，关于开放、务实问题，关于全球意识问题，以及在一切方面都贯串着的解放思想、实事求是问题，以其新鲜性、尖锐性，给人以惊喜。《汽车城》也因此显示它鲜明的时代特色。"他说："加拿大人阿瑟·黑利于1971年写过一部《汽车城》。它与殷慧芬的《汽车城》，同以汽车工业为题材。但由于国度不同，年代不同，作者不同，两个《汽车城》的内容迥然有别。黑利的《汽车城》，以美国汽车制造业中心底特律为背景，它所反映的汽车生产规模更具气势，在写法上，主要是一种通俗小说的写法。殷慧芬的《汽车城》，更注意人物的刻画，内涵的发掘，意境的营造，美学的追求。在文学性上，不让黑利的《汽车城》。"

江曾培后来在他的长篇回忆录《半生出版岁月》中以相当的篇幅记叙了他与殷慧芬、与《汽车城》的交往。

《汽车城》出版后，颇获好评。但在所有的评论文章中，江曾培后来取名《不让黑利的〈汽车城〉》这篇《序》无疑是其中写得最到位的评介文章之一。《汽车城》为殷慧芬和上海文艺出版社获得了巨大的荣誉，先后获得中宣部第八届精神文明建设“五个一工程”入选作品奖和第五届上海文学艺术优秀成果奖，并被中央电视台和上影厂联合改编为电视剧，这在上海出版界的历史上是空前的。这不得不钦佩当时以江曾培领衔的文艺出版社的独具慧眼。文艺出版社的编辑在嘉定听殷慧芬谈构思，然后紧追不舍，隔三岔五来电话询问进度……这些情节我至今记忆犹新。当然，殷慧芬也为之付出了右眼差点失明的沉重代价。

如果说茹志鹃是殷慧芬在文学创作上的第一个“贵人”的话，江曾培这位“抬轿人”便可以称得上是第二个。

3

资深编辑左泥被江曾培指定担任殷慧芬小说的责任

编辑。左泥老师是上海文艺出版社又一位值得尊敬的扶掖后学的“抬轿人”。

左泥，江苏泰兴人，生于1925年，2004年故世，一生编过许多好书。

我对左泥的了解是因为1979年5月他编的那本《重放的鲜花》。书中收集了刘宾雁、邓友梅、王蒙、陆文夫等十七位作家的代表性作品。该书《前言》说：这些作品发表不久，“却受到了这样那样的批判，有的被打成了‘反党反社会主义的大毒草’”，“文化大革命”中“更是首当其冲，属于斩尽杀绝之列”。

江曾培在《半生出版岁月》中回忆，左泥最初萌生编辑《重放的鲜花》时，“由于我管过小说，相互关系也较好，他来征求我的意见”，“我以为好”。“选题得到社领导同意后，左泥即着手联系作者。”“只要接到左泥电话或信件的作者都很振奋，要知道自从1957年被打成右派以后，他们中的大部分人都失去了用笔的权利”，“后来这些作家们都和左泥成了非常要好的朋友，像李国文、陆文夫等人在新时期创作的作品，很多都交给了上海文艺出版社出版。”

江曾培说，那时“四人帮”被粉碎不久，“‘两个凡是’思潮还在，政治气候‘乍暖还寒’。”左泥、江曾培和上海文艺出版社敢于编辑《重放的鲜花》，显示了他们的胆识。

《重放的鲜花》第1版第1次印数就达10万册，可见读者喜爱与欢迎程度。我也是拥有此书的第一批十万读者中的一个，一次次地捧读，一次次地击节称好。甚至那封面上一支红花从黑色中破土而出，也引发了我许多思绪。后来，我听说了关于这本书出版过程中的争议，乃至封面设计有人曾主张改用红色。左泥和封面设计师方昉却坚持不改初衷。抹不去的黑色年代，黑色泥土……

冥冥之中，生命有一种说不清的注定。左泥，这位平时并不多言的老知识分子，与我有过一次近距离交往的机会。1986年10月，我应邀赴安庆参加“全国法制文学研讨会”，那时坐的是长江客轮，从上海十六铺码头出发。上海的作者、编辑也许由会议承办单位之一《剑与盾》杂志社统一订票，集中在另一航次的客轮上。我和左泥、王若望却是个人订的票。三人在一艘客轮上相遇，到了安庆又同时在大会签到处报到。大会秘书处就把我们三人安排在一个房间。同宿一室，我从左泥那里获得很多。

左泥担任殷慧芬的小说集《欲望的舞蹈》、《屋檐下的河流》时，已经过退休年龄，江曾培的一再挽留，使他在"抬轿人"的行当中继续散发光热。1999年，左泥74岁，他想去美国儿子处颐养天年，但当江曾培决定把《汽车城》交付给他时，他毫不犹豫地推迟了去美国的日子。他说，他喜欢殷慧芬的小说。

至今，我们仍存留着左泥从1992年至2000年写的信件。睹物思人，每次阅读，字里行间让我深深感动，无尽怀念。信中内容有的是为书，比如封面设计好了，是否抽个时间来看一看？有的是出版社有什么活动，比如邀请几位作家去提篮桥监狱参观，不知是否有兴趣去？凡此种种，左泥老师缜密周全的文字中有时还有几分幽默。最让人感动的是《汽车城》出版后，左泥从美国新泽西写来的信。1999 年 11 月 14 日，美国《世界日报》用较大篇幅介绍《汽车城》，左泥见报后即来信：

今日从《世界日报》的《神州乡情》(每周日一期，两大张)“书讯”中见到有关《汽车城》的介绍，非常高兴，特此写信向你们祝贺（剪报附上）。这家报纸，尽管它在政治上有一定的倾向性，但许多方面你不能不承认它的客观，所以据说国外华人，尤其是美国华人，包括大陆来的，要看华文报纸，首选的是它。可以说它是在国外华人中影响最大的了。《汽车城》能够在它上面以这么大的篇幅介绍，还附了封面，应该说是很不一般的了。作者周毅似乎采访过殷慧芬，文章写得不错的。

……

上次小郑来信告诉我说，电视电影话剧都在准备改编，目前不知进行得如何？我想肯定会搞出来的，因为它里面有“戏”。

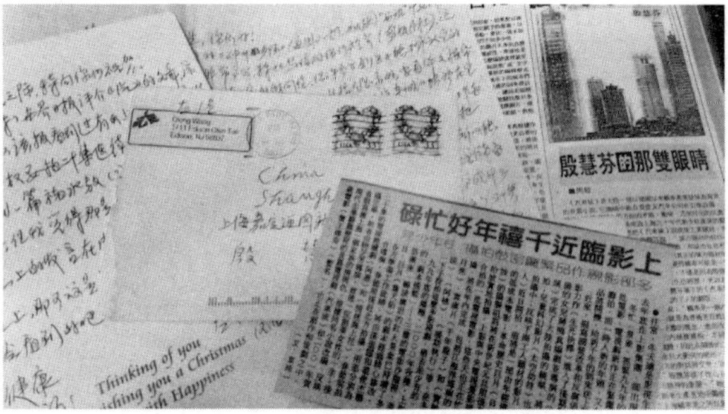

左泥从美国新泽西写来的信

信笺的正反两面，左泥老师写得密密麻麻。信中还提及了之前召开的关于《汽车城》的作品研讨会，那些人提的意见有一定道理，今后再版时可作参考等等。字字句句充满了一个长辈对后起作家及其作品的关心。

寄出这封信不满一个月，左泥又从新泽西寄来贺年信，附上1999年11月25日的《世界日报》关于《〈汽车城〉电视改编权，上影集团高价买断》的剪报，欣喜地在信中说："值此千禧年来临之际，特向你们祝贺。"

《汽车城》也许是左泥老师编辑生涯的封山之作，回想他当年冲破樊笼编辑《重放的鲜花》，我忽然感慨：

鲜花和泥土、园丁的关系。被称作“抬轿人”、“助产士”、“为他人作嫁衣”的编辑，是不是可以有一个更美丽的称呼：“园丁”，或者“护花使者”？诸如江曾培、左泥……

4

上海文艺出版社有两处地方一直为全国作家们津津乐道。一处是上世纪70年代末，在上海建国西路384弄兴建的“创作室”，另一处是1983年在浙江淳安千岛湖畔参建的“作家楼”。建造和“经营”这两处“作家之家”，江曾培功不可没。

江曾培回忆说，建国西路的小楼在二十多个春秋里先后总共住过多少人？“就记忆所及”，他列出的“天南地北，老中青作家”名单就有李国文、张贤亮、莫应丰、周克芹、陈忠实等一长串。“新时期的有些名篇佳作，就是在这座小楼里酝酿诞生的。据此，可以说‘斯是陋室，惟吾德馨’。”

我和江曾培等在淳安“作家楼”

我没有在建国西路的“创作室”住过，却因为看望朋友去过。石库门居家的式样，后门灶披间进出，房间面积不大，却一人一间，写作闹中取静，不受干扰，确实亲切、温暖。

淳安排岭镇千岛湖畔的“作家楼”我住过几天，那是 2008 年 4 月跟随江曾培去的。回来不久，我有一篇散文《秀水千岛孕玉叶》记叙那里的情景：

车到淳安已是黄昏，我们下榻在千岛湖作家楼，同行的老陆、九妹等都是当年筹建者，德高望重的出版家老江是他们的领导。我们一下车，当地的小韩像是见到久别的亲人，热情地将我们安顿后，便以新茶款待。新茶果然鲜醇好喝，到底是秀水千岛所孕育的。小韩说，这茶是长在作家楼园子里的，花园四周原想以冬青环绕，再一想种茶树岂不更好？于是每年春上，他们便用自己种的茶招待宾客。“我爱淳安好，溪山壮县居，锦文光灿烂，雉羽泄轻徐”。这是宋人陈晔品尝淳安茶后，情不自禁写下的诗句。他的那种“泄轻徐”的清心爽神之感，此刻我们才有所体会。

……在阳台上眺望湖面，浩瀚的湖面、青翠的群岛尽收眼底。四周林木苍翠，山环深溪，壁生云海，溪连雾天。俗话说，名山名水育名茶。明许次纾在《茶疏》中也说：“天下名山，必产灵草，江南地暖，故独宜茶。”千岛湖的茶，长于林竹密布的沃土，终日或云雾笼罩，或阳光薄射，品质能不佳吗？作家楼面水背山，大家都说环境极为幽雅，是度假写作的好地方。老陆对这里更是深情，他说十多年前这里更美，从窗口向外望，一片湖光山色，没有马路，没有建筑物，都是原生态的。

我写千岛湖的茶，更是写千岛湖的山水、“作家楼”的环境。文中提及的“老江”就是江曾培，“老陆”就

江曾培在作家楼题词

是当年具体管理“作家楼”的文艺出版社原总务科长陆剑浩。

由于经常聚集文化名人，举办文化活动，淳安的“作家楼”渐渐成为当地的一个文化景点。“作家楼”有几本厚厚的题词册，到过的作家、艺术家如钱谷融、陈伯吹、贺友直等都留有墨宝。江曾培也有题句：“青清沁心千岛湖，静净怡情作家楼”，可见他对“作家楼”的喜爱之情。

我在“作家楼”的时候，江曾培拿出题词册，显宝似的让我一一浏览欣赏。他翻到殷慧芬写的一页：“情系作家楼”，风趣地说：“殷慧芬写情系作家楼，实际上是情系楼作家，别有深意。”他“作家楼，楼作家”，像绕口令似的与我开玩笑。惹得众人笑声一片。

我们也经常没大没小地与江曾培开玩笑，常常学他的全椒普通话说他年轻时与某纺织厂团总支书记的爱情经历。他也不生气，还顺着我们的话题展开说：“纺织厂的女工，那种热烈，我现在还记得。”他以“毛脚女婿”的身份，去黄影虹老师家里，更是我们的谈笑资料。

黄影虹出身无锡大户人家，当年与他同是团校学员，学习结束后留校与江曾培一起在教育科工作。江曾培坠入爱河后，第一次去无锡黄家，黄母问黄影虹："江曾培几岁？"答曰："与我同样属鸡。"黄母一惊："大你12岁？"一旁还有亲戚问："他有几个孩子啊？"黄影虹忙为江曾培辩解说："是同龄人，属的是一样大的鸡。"黄母说："看着有点'老相'。"这也许反映了当时江曾培的

江曾培小心翼翼地拉着黄老师行走的情景让我刻骨铭心

少年老成，如今他八十多岁了，却反而显得比同龄人要年轻些。

我旧事重提，他却哈哈大笑，一点不动气。

江曾培与黄影虹相伴一生，情深意笃。2012 年夏，我们与江曾培夫妇同去河北雾灵山，山里水边崎岖不平的石块堆积，江曾培小心翼翼地拉着黄老师行走，以及登山爬坡时俩人携手迈步的情景让我刻骨铭心。

无论是建国西路的“创作室”还是千岛湖的“作家楼”，宁静的氛围，幽雅的环境，文人间的随意交流，乃至相互间的轻松玩笑，都让作家们倍觉温暖。许多著名作家文思如涌，佳作叠出，那里正如江曾培所说已成为某种意义上的“文化遗存”，“值得挂上铭牌纪念”。

5

河北兴隆离开北京不过 150 公里，开车走高速公路 2 小时左右就能到达，令人头痛的是公共交通。2012 年 7 月，我们与江曾培夫妇同在那里的中国作协创作之家度过十天。回程时，我们先一天离开雾灵山。临别，我劝他："你在北京那么多关系，那么多出版单位、你帮助过的那么多作者，请他们开车来接你吧？你和黄老师年纪大，坐老式火车到北京得四五个小时，再换乘地铁，从铁路北京站再到北京南站，得花大半天。太累了。"江曾培嘿嘿一笑："知道了，你们放心先走吧。"后来到了上海，我问他怎么到北京的？他还是嘿嘿一笑："和你们一样，坐绿皮火车啊。"我无奈地摇摇头。有些人即使没为别人做过什么事，仍然要别人很把他当回事；有些人为别人"抬轿"半辈子，做了许多事，却为人低调，从不想图别人回报。江曾培便是后者。这正是他的可爱之处，也是人们乐意与他相处的原因之一。

兴隆雾灵山、承德山庄、浙江千岛湖、安徽全椒……在比我年长的作家中，与我结伴而行的，江曾培也许是最多的了。

我和他还不至一次地去过江苏常熟，那是因为一位叫唐滔的画家。

陪伴我在常熟采访的江曾培和陈鸣华

唐滔，1943 年 4 月 18 日生于江苏常熟虞山镇，1962 年高中毕业后在其父唐瘦青创办的国画组设计和绘制工艺美术品，2000 年 10 月调入常熟市文联，任文联副主席，2001 年 6 月 28 日病故。

也许因为唐滔一生很平常，我失去了一次与他谋面的机会。2001 年春，江曾培和上任不久的年轻副社长陈鸣华约几个朋友去常熟看望病中的唐滔，我和殷慧芬都在邀约名单之中。我和唐滔素昧平生，唐滔画名又并不大，再加上身边正好有些琐事，便未能成行。常熟回来，殷慧芬带来一本《唐滔画集》，我一一翻阅，被唐滔和他的画所感动，唐滔画得太好！

唐滔不久去世。凡见过他画的人莫不像我一样赞叹他的作品。唐滔的作品为世人所知，并不断焕发出新的光彩，这与2001年4月上海文艺出版社出版的《唐滔画集》密切相关。当年筹划、拍板画集出版的正是江曾培、陈鸣华他们。

2006年，唐滔夫人和女儿向常熟美术馆捐出唐滔50幅画，举行仪式那天江曾培、陈鸣华和我都在现场。江曾培那时已从总编辑的岗位上退了下来，无论是坐位还是发言，他都十分低调地把陈鸣华推在前面，自己却悄没声息地与我们一起坐在后排。

2006年12月，《唐滔画展》在上海展出。上海的电视台、各大报纸作了相关报道。有媒体说："沪上朵云轩画廊为英年早逝的常熟画家唐滔举办了一次个人画展……一名上海作家在画展上被唐滔的作品深深震撼，自告奋勇要为唐滔写一本传记。”文中提及的这位上海作家正是我。

2011年，唐滔逝世十周年，陈鸣华再次邀我撰写《唐滔和他的虞山》。怀着对唐滔的敬意，我沿着他58年的人生轨迹，几度深入采访，踏勘虞山，反复披阅唐滔生前的日记、信件和相关资料，殚精竭虑写作五个多月，完成此书。陪伴过我在常熟采访的，除了殷慧芬，便是江曾培和陈鸣华了。

2012年6月，《唐滔和他的虞山》出版，江曾培随即撰文《为名气小但画品高的唐滔作传》：“读《唐滔和他的虞山》，既感受唐滔画品人品的魅力，同时也感受策划者陈鸣华与作者楼耀福的高风高义。”江曾培继续不遗余力地为唐滔，为拙著《唐滔和他的虞山》“抬轿”、“鼓吹”。

6

江曾培这篇《为名气小但画品高的唐滔作传》发表

在东方网上。东方网是他退居二线后的一个重要阵地。2000年起，江曾培被聘为东方网特约评论员，以平均每两天写一篇的速度写了数以千计的杂文随笔。这些文章后来编了《交交集》、《网上杂弹》、《人诞生在道里》、《三题集》、《世态百象》、《江曾培网文选》、《世风与风世》、《话说官场》、《话说人生》等十多本集子。文字具有现实的批判精神，涉及当前社会中的种种世态，文风犀利而不留情面，为广大读者称道。

有一次，笔者无意中向江曾培说起所在地区的政府机构不仅围墙高筑，而且最近又在大门设栏杆，老百姓有事找他们阻碍更多。他听后，很快就有抨击文章在“东方网”刊登。之后，类似文章我看到多篇，如《赞“无围墙政府”》、《拆有形的墙与无形的“墙”》、《小区破墙不妨先拆单位大院的墙》等。江曾培一针见血地指出：

政权机关在封建时代被称为“衙门”，为了显示其高人一等与威严神秘，传统建筑上一般有二个特点：一是恢宏华美，在当地建筑中呈“鹤立鸡群”状；二是深墙高院，戒备森严，“闲杂人员，不得入内”。这一打着封建印记的建筑传统，本不适合以服务人民为宗旨的人民政府办公楼的建造，但是，传统的影响力是巨大的。如今不少地方的政府办公大楼，不仅恢宏依旧，而且越来越豪华，成为当地“先富”起来的标志物。同时，高筑墙，多设岗，“出入皆奥迪，往来无百姓”，使人望而生畏、生厌。

果然，没多久，笔者所在地区政府大门的栏杆悄悄地拆除了。我不知道这些衙门的官员是否看了“东方网”江曾培的文章，脸红了，改正了？

遗憾的是几年以后，这个地区的政府大门又安装更先进的电子监控栏杆。“有形的围墙本质上是无形‘墙’的外化，当内在的高人一等的特权意识清除了，显示官威和霸气的围墙也就会少了；而‘衙门’围墙的拆除，也有助于特权意识的清除。因此，有形的墙与无形的‘墙’，都应当拆除，让官员与民众之间互通之‘门’始终畅通着。”江曾培如是说。可见官员脑中无形的‘墙’不拆除，有形的墙即使暂时拆除了，以后也还会重筑。

江曾培的批评可谓入木三分。在江曾培的网络评论中，这样的文章比比皆是，体现了一个老知识分子，即使已经退休，却仍一身正气。

2008 年 6 月，上海市网宣办、东方网等单位联合举办“江曾培网络评论作品研讨会”，赵丽宏在会上说：“新世纪头八年，是江曾培先生生命的第三个春天，他对

江曾培已经退休，却仍一身正气

生活充满信心，既冷眼观察，又热血沸腾。”称赞他的评论充满正气，充满骨气，充满文气。

2012年8月，《江曾培文集》由上海文艺出版社出版，为多家媒体报道评论。他在为中国现代文学资料馆寄去一套的同时，向故乡全椒图书馆也赠送了一套。他说这是“少小离家”的游子向家乡的汇报。他的文集与吴敬梓的《儒林外史》都为全椒图书馆所收藏。

2013年1月，他来嘉定，专程送来《江曾培文集》，厚厚七卷。“耀福慧芬伉俪正之。”他伏案题书的那一刻，我望着他年已八旬写作生命尚如此旺盛的身影，忽然想到一个朋友说的话：

“谁来研究江曾培？”

是啊，江曾培大半辈子做作家们的“抬轿人”，那么，今天，谁来做一回他的“抬轿人”？

青山无言

陈忠实（1942—2016）

从来浮尘难化铁，青山无言还无言。

——陈忠实

1

殷慧芬的手机上还留着发给陈忠实的几条短信：

2012.6.22：端午节快乐哦。寄我的线装《白鹿原》，不知是否寄了？殷慧芬。

2012.6.27：谢谢哦，大书收到了，爱极了！！非常喜欢！太高兴啦！书太漂亮了，这是你的骄傲，也是我们的荣幸。殷慧芬。

2013.12.16：老陈您好！好久没联系，但是常常听到你的信息，也很想念。最近听说您没去北京开会，不知道您身体好吗？年终之际，特意问候，祝您身体健康，心情快乐，阖家欢乐。什么时候到上海，一定要告诉我哦。上海殷慧芬。

2015.9.26：老陈您好！我上海的殷慧芬。祝你中秋节快乐！天天快乐，健康长寿！非常想念你！

2015.11.16：老陈您好！很久没有联系，您最近身体疗养得好吗？非常牵挂。希望您静心休养，战胜病魔，继续为中国文学谱写精彩！上海殷慧芬。

……

有许多条短信未能保存，因为换手机或别的原因丢失了。当时并不怎么在意，如今却成一种遗憾。读者也许问，怎么没有陈忠实回复的短信呢？殷慧芬为什么每次发短信都要自报家门呢？说来你也许不信，这位洋洋洒洒书写《白鹿原》的大作家居然不会发短信，也不会储存电话联系人姓名。陈忠实的手机除了打电话听电话看短信，不会用别的功能，他常常是见了自报家门的短信后，再打电话来，说一声“小殷啊”或者“慧芬啊”，两人才开始唠话。

殷慧芬把他当大哥。2014 年 7 月，叶广芩来上海，广芩先在新浪微博上发私信给殷慧芬，说要找她。殷慧芬觉得在微博上说不清，想给广芩打电话，居然在换手机时一不小心把号码给丢了。无奈之下只得向远在西安的陈忠实索要：“老陈您好！我是上海的殷慧芬。很久不见，祝你万事如意。有事情求你，叶广芩的电话能够给我吗？我有事情找她。谢谢哦。殷慧芬。”就在那次，广芩和我们见面说，陈忠实这两年心情不怎么好，不愿出门，有种落寞的感觉。

广芩的话，让我们对陈忠实更有一种牵挂，殷慧芬的电话也去得更勤。

她与陈忠实在电话中相互问寒嘘暖拉家常。有一年端午，竟聊起了江南与陕西两地的粽子，陈忠实奇怪江南怎么有猪肉芯的粽子，而且是咸的，“这怎么吃啊？”他不可思议。他们那里只有一种粽子，芯馅是一颗大红枣。殷慧芬大笑，一边向他描绘肉粽的美味，一边对我说，下次端午请老陈到上海来，陪他去朱家角、枫泾吃当地阿婆包的肉粽。

电话中，他们也说文学。2007年，中宣部、中国作协编了一套从1997年到2007年的“五个一工程奖”和“茅盾文学奖”获奖长篇小说精选丛书，其中有陈忠实的《白鹿原》和殷慧芬的《汽车城》。陈忠实先获得消息，在电话中对殷慧芬说：“也有你的《汽车城》。”很开心的语音，为自己，也为朋友。

当然，陈忠实更多的是每次都要问殷慧芬眼睛怎么样？提醒她用眼一定得当心。

殷慧芬和陈忠实最后一次通电话是今年春节之后，她照例给他拜年问候。那时老陈已做过手术，他有点艰难地告诉她，前些日子还不能说话，现在能说话了。殷慧芬“嗯”了一声，有点难过，心情稍稍平静些了，她才说些让他宽心的话，劝他把事情想开点，开心点，待身体好点到上海来，在嘉定安安静静住上几天，喝喝茶聊聊天逛逛江南园林，什么都不想。

原本我们打算去年秋天去西安看他，后来没去成。此时，殷慧芬挂了电话，对我说：“今年一定要抽时间去看老陈。”

谁知，4 月 29 日，我一打开电脑便看到一条消息：“作家陈忠实于今晨 7:45 在西安某医院去世，享年 74 岁。”

我把消息转告殷慧芬，两人顿时傻了。

2

陈忠实与殷慧芬相识于 2000 年 10 月。当时，大连市作家协会组织了一次全国著名作家看大连的活动，参加此项活动的还有曾镇南、任芙康、高建群、许淇、朱铁志、刘元举等作家。

后来我才知道活动的策划人是大连的评论家王晓峰。上世纪八十年代，王晓峰在《海燕》杂志当编辑，曾来

陈忠实与殷慧芬参加全国著名作家看大连活动

嘉定组过稿，与我和殷慧芬结下友谊。殷慧芬回来后说："王晓峰向你问好，八十年代他来组稿的事他都记得，他说他好抽烟，临上火车，你还塞给他一条醒宝牌香烟。"她给我看合影照，当年的青年才俊，如今已成了个半老头。我大笑，我说我现在如果在马路上与他面对面走过，也一定是认不出了。

我在合影照中看到了陈忠实。参加活动的这些作家我都没见过，但陈忠实那时已名播天下，而且长得像老农民，脸上是刀刻一般的纹路，两目如炬。我一眼便认出了他。我说：“陈忠实也在啊？”殷慧芬说：“这次活动的主角是他。”他拿出几份当地的报纸，都在醒目处有报道。有一张照片是游览东海公园时，陈忠实见到“下棋老者”的雕塑，说“拔不动腿了”，非要坐在雕像对面，要与他“杀一盘”。殷慧芬在一旁“观战”。很风趣。

殷慧芬的长篇小说《汽车城》那时刚出版不久，好评如潮，在大连，还有读者买了书来找她签名的。关于她为写这部小说致使眼睛受到严重损害，先后多次住院治疗的消息，在全国各地报纸也被传播得沸沸扬扬。陈忠实也知道这事，他像大哥一样对殷慧芬很痛惜。

当年陈忠实写《白鹿原》又何尝不是如此？他对殷慧芬说，那时他一个人在乡下老家写《白鹿原》，每隔一段时间妻子要从城里赶来给他送蒸馍和擀面条。1992年春节之前，《白鹿原》快写完了，老伴又送口粮来。临别，陈忠实叫她别送了，这些蒸馍吃完，这小说就写完了。从起头到完成，整整四年，他疲惫不堪。“快把我累死了。”他说。后来他读到一个读者来信，说不知道作者还能不能活着看到这封信，因为她觉得“写出这本书的人，不累死也得吐血。”陈忠实读着信嚎啕大哭。

同是写作人，都知道写一部呕心沥血的长篇小说，是怎样的一种煎熬！正因为都干过这折磨人的营生，陈忠实与殷慧芬成了好朋友。从大连分手后，他们继续通过各种渠道，互相关注、问候。有一次，王安忆和李章请我们在市区吃饭，安忆对殷慧芬说，前些日在北京中国作协开主席团会议，遇见陈忠实，“他特别向我问起你的情况，问你眼睛现在怎么样？要我转达问候。”

陈忠实与殷慧芬在大连海滨

陈忠实没有太多言语，但显现的那种惺惺相惜的关怀，让殷慧芬很受感动。

在大连海滨，陈忠实向殷慧芬讲述他少年时经历的苦难。

十三岁那年，他穿着一双旧布鞋，和二十来个小学毕业生，跟着班主任老师，到三十里外的灞桥去报考中学。那双布鞋的鞋底已被磨得很薄很薄，没走多久就被路上的石子磨破。他的脚后跟被磨烂了渗出血来，他怕赶不上前面的同学，摘一把树叶塞进鞋里，后来又从书包里摸出那块他母亲为他准备的、擦脸用的布巾，塞进鞋里做鞋垫。再后来，布巾也被磨烂，他只能从书包里拿出课本，撕下几张塞进鞋窝……他那时就想，他可不能永远穿着被磨破的鞋走路哪！他是个倔孩子，咬咬牙，总算赶上了同学，脚跟受伤的秘密却始终没说。

他在班里年龄最小、个子最矮，上课坐在第一排。“背着一周的粗粮馍馍，我从乡下跑到几十里远的城里去念书，一日三餐，都是开水泡馍，不见油星儿，顶奢侈的时候是买一点杂拌咸菜；穿衣自然更无从讲究了，从夏到冬，单棉衣裤以及鞋袜，全部出自母亲的双手……”

陈忠实对殷慧芬讲他中学时期求学的艰辛。为了不给家里增添负担，他经常利用假期自己卖菜赚钱，50斤菜，从塬下挑到塬上去卖，有时间他还要顶着烈日割草、捡麦穗。

尽管他很懂事，学习也很优秀，但是贫穷，还是让他中途辍学。

殷慧芬向我转述这些旧事时，我禁不住眼眶有点湿，我想到自己少年时，太熟悉那些日子的饥饿和苦难了，甚至连许多细节，我和少年陈忠实有着惊人的相似：班里个子最矮，上课坐在第一排；暑假时，为凑下一学期的学费、书费，我养一只白鹅，和弟弟步行至很远的北蔡、花木等乡下割草，用以喂养。白鹅长得快，开学前拿到市场卖钱当学费。天不亮，我还帮母亲在浦东塘桥浦建路的蔬菜市场批来青菜，再拿到市场零卖。1961—1962年，我还在那个蔬菜市场捡过菜皮，新鲜蔬菜卖掉了，菜皮却留在自己家里，午饭时，水里煮一下，和弟妹们充饥。

这些往事，因为叙说陈忠实而重新涌现，让我不胜唏嘘。

我想，这不仅是陈忠实，也不仅是我，而是整整一代人的苦难。

我把我的感受告诉了殷慧芬，殷慧芬说：“你老是说你小时候怎么苦，现在知道了吗，陈忠实比你更苦。”

我无言。陈忠实长我几岁，那时虽还没与他见过面，但在心中已把他认作有过共同苦难的兄长。

3

殷慧芬从大连带回一本《白鹿原》，那是1997年的修订本，陈忠实在扉页上签了名：“殷慧芬方家雅正，陈忠实，二千年十月十七日。”那时，这本书已荣获“第四届茅盾文学奖”。

陈忠实独自躲进“原”上祖屋，说想在死的时候，有一本“垫棺做枕”的书。说的就是这本《白鹿原》。1993年，出第一版时，我就买过。一口气读完，有种久违的酣畅。

作者在卷首引用了巴尔扎克的语句："小说被认为是一个民族的秘史。"并不是所有的小说都能获得如此称誉的，但陈忠实的《白鹿原》实实在在，丝毫无愧。

我很喜欢小说中一个叫朱先生的人物。朱先生说："我观'三民主义'和'共产主义'大同小异，一家主张'天下为公'，一家昌扬'天下为共'，合起来不就是'天下为公共'吗？为啥合不到一块反倒弄得自相戕杀？""国共两党斗争像翻鏊子一样折腾老百姓"。朱先生饱读诗书，能算会卦。他算最后一卦时，感慨"文章里的主义是主义，世道还是兵荒马乱鸡飞狗跳……"与他对话的黑娃悄声说："听说延安那边清正廉洁，民众爱戴。"朱先生说："得了天下以后会怎样，还得看。我看不到了，你能看到。"

是的，朱先生没有看到的，我们看到了。

朱先生在陈忠实笔下，活脱脱是个诸葛亮。难怪，朱先生死的时候，陈忠实在小说中用白嘉轩之口悲叫："白鹿原最好的一个先生谢世了……世上再也出不了这样好的先生了！”

我读到这里，沉默了很久。我想，在这个朱先生身上是不是寄寓了陈忠实本人的许多思考？我对陈忠实似乎有了一个更本质的认识。陈忠实有时在场面上的有些话，不过是说说而已，抑或还是一种朱先生式的生存智慧。

我想听陈忠实说《白鹿原》，想得有点心切。

殷慧芬自双目受到严重损害后，很少写作，但在地方上仍挂着文联副主席的头衔，与同城另一位作家张旻分管文学这一摊。他们有个“疁城文学讲坛”，曾与团委合作，请作家赵丽宏来嘉定讲他的“读书和人生”，与教育局合作请蒋丽萍讲嘉定籍著名记者浦熙修的传奇人生，反响都很好。我在殷慧芬面前不断撺鼓怂恿：什么时候请陈忠实来讲《白鹿原》？

殷慧芬开始一次次地在电话中邀请陈忠实。陈忠实也答应，说他来上海就抽时间来嘉定。

2007 年 8 月，上海书展，陈忠实因新作《关中风月》

为读者签名售书。16日夜晚刚下飞机，他就来电话，打招呼说嘉定来不了了，第二天下午签售完毕就得返西安。“家里事儿太多”，他如是说。但他一定要与殷慧芬见个面。陈忠实写得一手好字，这次来，也给殷慧芬带了字来。

我们相约第二天上午去他下榻的宾馆。

第二天一到他的住处，刚坐下，陈忠实就给我们一人沏了一杯茶：“这是我们陕西的绿茶，好喝，不比龙井、碧螺春差，龙井、碧螺春有冒牌的，这茶真。”我第一次听说陕西的绿茶，此前我一直以为好茶多在南方，所谓“南方多嘉木”么，陕西地处黄土高原，竟有茶不比龙井、碧螺春差，倒很意外。

茶气在玻璃杯上方很轻柔地飘袅，一股清香随着幽然而来，很好闻。杯中色泽翠绿的叶片在慢慢舒展、沉浮，像清澈水中之嫩草。茶水在叶片慢慢变润的同时由白转淡青转嫩绿，像在宣纸上慢慢洇漾。汤色清亮。我呷一口，在嘴里稍稍润了润，咽下后，觉得有一种栗香，鲜爽无比，唇喉间回味甘纯。

陈忠实说他家乡好茶有午子仙毫、汉中仙毫、紫阳毛尖等等，让我又长了不少关于茶的见识。

喝着茶，聊着天，他又专门问殷慧芬的眼睛怎么样，好点了吗？殷慧芬说，没办法，不可逆转，2006年开文代会作代会的时候，贺捷生介绍去北京同仁医院请最好的眼科医生看过，说上海医生的诊断是对的。“上海为我看病的张皙，也是全国名医，他们都相互知道。”

陈忠实听殷慧芬这么说，微微摇了摇头，叮嘱她要当心，不能让它往坏的方向发展。殷慧芬“嗯”了一声，眼眶有点湿润。

我把话题转向《白鹿原》。我说两个版本的《白鹿原》我都看了，我不明白为什么要改？陈忠实说了当时评“茅盾文学奖”的情况：“修改意见主要是两条，其中之一是朱先生提出，国共两党斗争像翻鏊子一样折腾老百姓。”

我说：“这话又没什么错，况且是小说人物的话。”

陈忠实笑笑，说他也觉得原来的好。

陈忠实为殷慧芬带来两幅字，一幅是他自己的句子：

“注目南原觅白鹿”，四尺整张。1992 年夏天，他写过一首《小重山·创作感怀》，表述他完成《白鹿原》之后的心境：“春来寒去复重重。掼下秃笔时，桃正红。独自掩卷默无声。却想哭，鼻塞泪不涌。　单是图利名？怎堪这四载，煎熬情。注目南原觅白鹿，绿无涯，似闻呦呦鸣。”此幅字中句子即取自此词。另一幅是温庭筠的诗《利州南渡》中的句子：“澹然空水对斜晖，曲岛苍茫接

陈忠实和殷慧芬提着字幅合影

翠微。波上马嘶看棹去，柳边人歇待船归。数丛沙草群鸥散，万顷江田一鹭飞。谁解乘舟寻范蠡，五湖烟水独忘机。”六尺整张。

我急着展开欣赏，字有力，内容有意境，感慨深切，气韵清澈，连说好句好字。说罢，让陈忠实和殷慧芬提着字幅合影，我充当了个拙劣的摄影师。

拍完照，殷慧芬嘀咕了一句，觉得字的尺幅太大。这回轮到陈忠实困惑了：“我们那里，他们叫我写字，尺寸越大越好，你们怎么反而嫌大？”

殷慧芬说：“家里没那么大的墙挂。”

陈忠实大笑，反觉得殷慧芬也很实在，一口答应下回再写一幅小一些的。

4

2007 年 8 月那次见面，陈忠实签名赠送了他的新作《关中风月》。

这是一本中短篇小说集，东方出版中心出版、徐春萍主编的“西部羊皮书·小说系列”中的一本。另两本分别是阿来的《格拉长大》和风马的《羊皮开门》。17日中午，徐春萍做东请陈忠实、风马吃饭，我们同在。

获得《关中风月》的当天，我最先读的是《李十三推磨》和写柳青的《一个人的生命体验》。说不出有太明确的原因，也许同是写作人，更是想关心不同时代的文人命运。

关于李十三，陈忠实小说后面有个“附记”，说李十三本名李芳桂，出生于1748年，“是陕西地方戏剧碗碗腔秦腔剧本的第一位剧作家”，“自五十二岁摒弃仕途试笔写戏，到六十二岁被嘉庆爷通缉吓死或气死的十年间”，写出《春秋配》、《白玉钿》、《火焰驹》、《万福莲》等八部本戏和两部折子戏，“几乎被中国各大地方剧种都改编演出过，经近二百年而不衰。”李十三“气绝而亡之后的大约一百五十年，一位秦腔剧作家把他的《万福莲》改编为《女巡按》，大获好评更热演不衰”，之后田汉“把《女巡按》改编为京剧《谢瑶环》”。

田汉的京剧《谢瑶环》，太有名了。“文革”中对《谢瑶环》铺天盖地的批判，我仍记忆犹新。没想这《谢瑶环》最早的文本源自李十三。

“陶醉在戏剧创作的无与伦比的巨大快活之中”，李十三“喝一碗米粥咥一碗黏（干）面或汤面就知足了。即使落魄到为吃一碗面需得启动六十二岁的老胳膊硬腿去推石磨的地步，仍是得意忘情地陶醉在磨道里……”他磨的面是田舍娃捐赠的二斗小麦，之前他的“光景已过到盆干瓮净的地步”，家里已没一粒小麦。

这样的一个伟大的剧作家，他的那根“对文字太过敏感的神经，却招架不住嘉庆爷的黑煞脸，竟然一吓一气就绷断了，那支毛笔才彻底地闲置下来”。陈忠实说“我就想把他写进我的文字里”，于是就有了这个短篇《李十三推磨》。不长，却回味不尽，反思不尽。

陈忠实写柳青的《一个人的生命体验》，开篇就说“柳青终于决定，自己消灭自己”。“文革”中，柳青曾在牛棚中想用“电击”结束生命。

两个短篇，写了相隔两百多年的前后两个陕西文人的命运片断。

我读罢扼腕兴叹，一代又一代，中国优秀知识分子的命运改变了吗？“嘉庆爷的黑煞脸”还在不在？

陈忠实逝世的消息传来，我悲恸之余，又找出这本《关中风月》，最先读的依然是《李十三推磨》和《一个人的生命体验》。我依然感慨。我在想，即使是柳青的遭遇，也已过去了半个世纪，中国文人的生存状态改变了多少？

互联网上有篇文字《日他妈的文学和你懂个锤子》，不长，读来却让我无比心酸。

1988 年 5 月，路遥完成了《平凡的世界》的创作。“他写作最后一章时双手痉挛，泡在热水里半天才恢复知觉，为全书画上最后一个标点符号，他站起身来几乎是条件反射不受任何控制的把圆珠笔往窗外一扔，之后嚎啕大哭。”“1991 年 3 月，《平凡的世界》获得第三届‘茅盾文学奖’，路遥将消息告诉在延安富县采访的弟弟时，电话两端的兄弟，很长时间没有说话，心情都很复杂。接着路遥说他钱不得够，需要弟弟为他想法筹借一笔钱去北京用以领奖买书等事用，无奈之下天乐敲开了时任延安地委副书记冯文德办公室的门，听了天乐的话惊呆了这位副书记，他出门去找到五千块钱。离开西安去北京领奖那天，天乐从延安赶到西安火车站将怀揣的5000元钱直接送到路遥手中，对路遥说：你今后再不要获什么奖了，人民币怎么都好说，如果你拿了诺贝尔文学奖，去那里是要外汇的，我可搞不到！路遥只说了一句：日他妈的文学！便头也不回的进了火车站。”

1992年11月21日，路遥去世，年仅43岁。

陈忠实送别路遥时说："我们不得不接受这样的事实，无论这个事实多么残酷以至至今仍不能被理智所接纳，这就是，一颗璀璨的星从中国的天宇间陨落了！一颗智慧的头颅终止了异常活跃异常深刻也异常痛苦的思维……"

陈忠实自己的命运好多少呢？

《白鹿原》问世之前，他"抽的烟是味道极重的劣质烟。陈忠实说，日他妈，咱没钱，抽这烂怂烟便宜么，劲儿大。"1991年的农历腊月，历经数年，《白鹿原》创作完成。他回忆说："在划完最后一个标点符号——省略号的第六个原点的时候，两只眼睛突然一片黑暗，脑子里一片空白，陷入一种无知觉状态，背靠沙发闭着眼睛，似乎有泪水沁出……"当向人民文学出版社的编辑交出书稿时，陈忠实终于憋出了眼泪，那句想说而未说出口的话是，"我连生命都交给你们了。"后来出版社来信充分肯定《白鹿原》，他读完信，嗷嗷地叫了三声，跌倒在沙发上。交稿时，他忍住没有流出的眼泪此时倾溅而出。

陈忠实嗷嗷叫了三声跌倒在沙发上的这段经历，2000年在大连他对殷慧芬说过。殷慧芬向我转述时，我再次悲叹。

无论是路遥，还是陈忠实，在贫困中仍专注于寻找他们自己的文字，其生存的窘境、对创作的痴恋，与两百多年前的李十三何其相似？

不同的是"嘉庆爷的黑煞脸"吓死气死了李十三，而陈忠实面对居高临下的高官，只回复了一句话："你懂个锤子！"

穿着农村包工头一样外衣的陈忠实，内里却包裹着一颗骄傲、尊严、正直的心。

5

2009年，陈忠实又来上海签名售书。我们再次见面。

我和殷慧芬去陈忠实下榻的延安中路陕西商务酒店时，正逢《解放日报》读书版编辑曹静在采访他。曹静是我们好朋友、新华社高级记者赵兰英的女儿，彼此很

2009年陈忠实又来上海，我们再次见面

熟。她把我们看作叔叔阿姨，我们也把她看作侄女，没一点顾忌。我说：“你和陈老师继续聊，我们旁听，只当我们没来，不要有丝毫影响。”

陈忠实见我们与曹静那么熟，笑了，说：“好，继续聊。”

话虽这么说，他还是作了片刻的停顿。他从包里掏出一幅字：“上次慧芬不是说我的字写得尺寸大了，这回写了幅小一些的，行不？”他写的是魏晋文学家陆机《文赋》中的句子：“采千载之遗韵，抚四海于一瞬。”尺寸 141×41。

陈忠实那么有心，两年前的话他还都记着。我连连说好，嚷嚷着又要殷慧芬和陈忠实提着字拍照，以证明此乃陈忠实真迹。

陈忠实又哈哈大笑：“你还有这一招？”说罢，很自信地展开字幅，提着，没一点大作家的架子。

陈忠实这次签售的是《寻找属于自己的句子》，上海文艺出版社出版，责编修晓林。

写这本书的起因，我后来听我的朋友魏心宏说，有一年他去西安，动员陈忠实能写一本自传，他说人们对写自传一直有误解，认为非到七老八十行将就木才写，其实在国外，尼采40岁就写自传了。当时国内有家出版社正打算出版王蒙的自传，据说开出的稿费还不低。心宏当时认定，陈忠实写自传，一定更实在。谁知陈忠实听了连连摆手：“唉，那不行。我咋能写自传呢？”心宏说了他的理由。陈忠实说：“让我想想。”结果他以《白鹿原》创作手记的形式，写了《寻找属于自己的句子》。文本有些变化，却仍多少带点自传的意味。陈忠实之所以最后没有写纯粹的自传或回忆录，也许有他自己的理由。但这本以海明威的名句“寻找属于自己的句子”为书名的创作谈，仍为广大读者所喜爱。

陈忠实继续接受曹静的采访。

他说《白鹿原》发表以后，不少出版社、杂志约我写自传，他都谢绝了。他觉得作家的意义就是写作，至于作家个人的生活经历，跟创作不能说不无关系，但是意义不大。他说：“当时我还有一个心理，就是和我同时代的每一个人都经历过国家的经济困难和政治灾难，在农村，这种苦难可能更深重。我高中时的好多同学，吃的苦不比我少，有的写作能力也不比我差。但是没有人去找他们写自传，让他们把自己受的苦表达出来。为什么要找陈忠实写自传？无非就是因为我写了几篇小说嘛。”陈忠实最终决定退一步，不写自传，写创作手记，把他写《白鹿原》的感受写出来，试着写了几章，发表后读者反映不错。于是前

中午用餐，席间陈忠实时而凝思，时而谈笑风生

后写了两年，完成后交给了魏心宏所在的上海文艺出版社。

中午是在宾馆用的餐，除了我和殷慧芬，还有文艺出版社的修晓林，《解放日报》“朝花”副刊专程去约稿的徐芳，与我们同去市区的嘉定作家张旻。曹静采访后急着要赶回报社发稿，连中饭都没一起吃。席间陈忠实时而凝思，时而谈笑风生。一口陕西土话我听着有点吃力，却觉得每一句都实实在在。

陈忠实下午在上海书展中央大厅的签售现场以及之后的上海图书馆演讲，我和殷慧芬都没去捧场。因为这天，上海文化出版社为我们夫妇也安排了一场《上海邻里》和《上海闲人》的签名售书活动，分身无术。临

陈忠实签名赠送的书

别，我们向陈忠实要了他的新书《寻找属于自己的句子》。扉页上他写了“楼耀福殷慧芬伉俪雅正，陈忠实，二〇〇九年八月十五日。”我们还为好朋友江宏夫妇多要了一本签名本，江宏夫妇也是陈忠实的粉丝。

陈忠实在《寻找属于自己的句子》中，写他完成《白鹿原》之后的一个下午：

> 那是一个难忘到有点刻骨铭心意味的冬天的下午。在我划完最后一个标点符号——省略号的六个圆点的时候，两只眼睛突然发生一片黑暗，脑子里一片空白，陷入一种无知觉状态……
>
> 我在这一刻的感觉，不仅没有狂欢，甚至连往昔里写完一部中、短篇小说的兴奋和愉悦都没有。我的真实的直接的感觉，是从一个太过深远的地道走到洞口，骤然扑来的亮光刺激得我承受不住而发生晕眩；又如同背负着一件重物埋头远行，走到尽头卸下负载的重物时，业已习惯的负重远行的生理和心理的平衡被打破了，反而不能承受卸载后的轻松了。

我收拾了摊在小圆桌上的稿纸，便走出屋子，再走出小院。村巷里已不见人影，数九寒天傍晚的冷气，把大人小孩都逼回屋里的火炕上去了……我走下门前的塄坡，走在两排落光了叶子的白杨甬道上，……我走上灞河的河堤，感觉到顺河而下的细风，颇有点刀刺的味道。不过，很快就没有知觉了。

……我不知累也不觉冷，坐在临水的一条石坝上，点燃一支烟……我不记得坐了多久……某种压抑和憋闷在心头潮起，真想对着南边的原坡疯吼几声，却终于没有跳起来吼出来。……打火机的火光里，我看见脚下河堤内侧枯干的荒草，当即走下河堤，点燃一丛菅草。火苗由小到大由细到粗，哗哗哗蔓延开去，在细风的推助下，火苗顺着河堤内侧往东漫卷过去，发出哗哗吧。我早已重新走上河堤，我被烟熏得大咳不止泪流不止。……火焰沿着河堤内侧往东烧过去，一会高了一会低了……我的压抑和憋闷散失净尽了……

这些句子，我2009年读过，我体会着陈忠实当时的心境，我理解他那时生命中突然降临的难以承受之轻，我更钦佩他数年独处原上，在老屋中殚精竭虑，耗着生命在写他的这本枕棺之书。

时隔不过七年，陈忠实去找他笔下的朱先生了。我再次捧读，除了钦佩，却更多了几分空寥的悲哀。

陈忠实后来也写诗填词。“从来浮尘难化铁，青山无言还无言。”是陈忠实的诗句。

陈忠实正是中国当代文学史上一座“无言青山”。毋庸置疑，当之无愧。

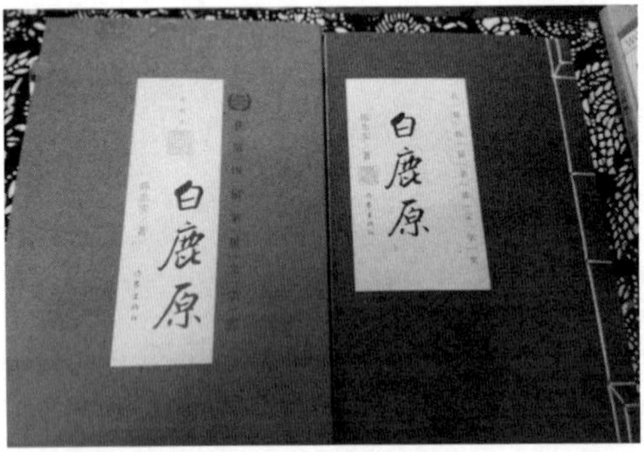

陈忠实耗着生命写的这本枕棺之书

素白本色

徐秉言（1942—　）

直立而不挠，素白而不污。

——《淮南子·主术训》

1

与徐秉言的相识，是一个他找我，我找他，互相寻寻觅觅的过程。

2012 年 6 月的一天，我从浙江嘉善回上海的途中，接到嘉定竹刻家张伟忠打来电话，说徐秉言正在嘉定，

“他找了你好久，他想与你见个面。”

我赶到嘉定，未进家门便直奔嘉定竹刻博物馆。“徐老师，我也想你呵！”我紧握他手，彼此都觉相见恨晚。这是我与徐秉言的初次见面。之后，我与他，用他的话来说就像自己家里人一样。

与徐秉言的互相寻找，要从2009年春天说起。当时还在上海文化出版社当总编辑的陈鸣华去常州拜访徐

我与徐秉言的初次见面

秉言，回来带给我《徐素白竹刻集》、《徐秉言竹刻木雕》两本书，扉页上有题签：“楼耀福先生惠存，徐素白后人徐秉言赠，己丑早春月于兰陵。”

两本书让我喜欢不已。是年，恰逢文汇出版社《海派文化丛书》主编李伦新先生约我撰写《海上寻珍》，徐秉言的赠书成了我其中一章《留青春常在》的重要史料。我感激无比。

陈鸣华的常州之行，还得到徐秉言刻的一件紫砂壶。他在电话中多次向我炫耀，很有点诱惑的意思。我喜欢

徐秉言的赠书

茶，喜欢紫砂壶，一听陈鸣华说那壶，便兴奋：“什么时候让我见识一下，饱饱眼福？”他一口答应。

不久，他来嘉定看我。见面我问：“徐秉言刻的壶带来了吗？”他很诡，不语，只说是来看看老哥。喝茶之间，与他谈天说地，不乏互相调侃。我说：“你未带壶来，我倒为你准备了好东西：一对民国年制的花梨木围棋罐。”

鸣华喜围棋如同我喜茶。我这一说，果然刺激了他的神经。他憋不住要我让他看看。围棋罐一到他手里，像是寻到了真正的主人，他抚摸着反复端详，喜欢不已：“倒是民国的。”

我说：“这是从一整块木料上挖出来的。我们在旧家具店铺见到它时，店主还让它做香烟缸呢！”“可惜可惜。”他一脸怜香惜玉的神态。

“你尽管没带壶来，我还是决定把这对围棋罐送给你了。”我慷慨地表态。

他似乎受到感染：“楼大哥够朋友！不过，我也郑重宣布：秉言刻的壶我也带来了！”我这才注意到他携带的纸袋。

纸袋内是一把汉君壶。壶上的大篆“德唯取友，善在尊师”是秉言的弟弟秉元所书，秉言说，秉元的字写得比他还好。器形朴实端庄，又因秉元直接书写，秉言直接铭刻，这壶的不可复制性使它在世上独一无二，弥足珍贵。

鸣华走后，我细看这壶，竟让我生出些许感想来。后来我写了一篇《秉言刻壶》，发表在《新民晚报》“夜光杯”副刊上。徐秉言正是看到了这篇短文，千方百计地要找到我，与我见一面。

按理，他要找我，可以通过陈鸣华。恰恰此时，陈鸣华刚刚调任至香港出版机构，我找他都不方便，更何况还不怎么熟悉手机功能的徐秉言。无奈，秉言只能四处打听，终于找到嘉定竹刻非遗传承人、他弟弟徐秉方的弟子张伟忠。于是就出现了本文开头的一幕。

那天，上海博物馆在嘉定举行活动，徐秉言应邀参加。因为是集体活动，我俩无时间细聊。匆匆话别时，我将我的两本新著赠他，特别指出《海上寻珍》中《留青春常在》一章专门写了他父亲徐素白、他和他弟弟徐秉方。

2

徐秉言的父亲徐素白，是留青竹刻史上划时代的人物。说徐秉言，是绕不过徐素白的。

徐素白，1909 年生于江苏武进，3 岁丧父，自幼与母亲相依为命。25 岁那年，母亲病重。徐素白焦虑万分，万般无奈的他只得求佛拜菩萨，跪在菩萨面前用剪刀剜下自己胸口三块肉，用香火按住血流如注的伤口，回到家用肉煎汤喂母，企盼能以此举救母。徐素白的这一孝行一直在他家乡流传，以至徐素白去世时，邻近四村老人无不悲痛。

我深为这些故事所感动。徐素白被誉为留青竹刻的里程碑，除了他的艺术成就之外，还在于他的为人。

徐素白 15 岁起在上海俞宏记扇庄学艺，兼习书画。他天资聪颖，学习刻苦，满师不久便被“壁寿轩”书画店聘用。“壁寿轩”老板擅篆刻，喜书画，与书画界人士交往颇多，徐素白也由此结识海上书画名家江寒汀、唐云、沈尹默、钱瘦铁、邓散木、白蕉、马公愚、程十发、乔木等。这些书画家十分乐意为他绘制刻稿。在这种艺术氛围熏陶下，徐素白的留青竹刻自成一家，形成了与家乡土生土长的竹刻艺人完全不同的风格，海派气息浓郁。

画家朋友中，江寒汀对徐素白影响很大。在和江寒汀的合作过程中，对画意的理解，对景物的层次安排和质感表达，江寒汀的意见让徐素白受益匪浅。为探讨某个具体问题，徐素白会多次上门请教和切磋，直至双方都满意。因此，他在雕刻江寒汀的画作时得心应手，淋漓尽致。如刻制江寒汀《柳鸟荷花图》，徐素白在荷叶上加刻了露珠和被虫咬的残破，使作品更加生动真实，也更显示出刀刻的妙趣韵味，做到了笔所不能到的，而刀刻能得之。

花鸟山水画大家唐云是徐素白另一位艺术上的知己。唐云的绘画重意蕴，徐素白雕刻唐云画作的刀法必须与刻制江寒汀的不同。同是一片荷叶，刻江寒汀画作，须用刀精细；而刻唐云的，则须洒脱。徐素白采用不同的刀法，使各家绘画的风格充分体现。唐云称徐素白为“现代刻竹艺人之杰手”。

徐素白《柳鸟荷花图》

徐素白还特别留意观察大自然。各种树木花草的外形特征，甚至树叶花瓣的脉络纹路，他都要反复揣摩，深入细微。他养鸟养鱼，乃至蟋蟀、蝈蝈之类的小昆虫，采集蜻蜓、蝉的标本，掌握它们各异的形态和细部特征，并将之运用于竹刻艺术中。

在徐素白之前，留青竹刻的刻家都用较深的进刀度表现景物的层次感，而徐素白却是用刀刻出竹片上的中国画，追求的是刀笔融合，表现的是笔墨韵味。因此，他进刀度较浅，只在竹青这一浅表层上，把握不同的深度，形成层次变化。他阴阳并蓄的刀法，造成浓、淡、干、湿的笔触，体现各种景物的不同质感。如他刻的《荷花柳鸟》，令人惊艳的是，连荷叶正反面的不同叶脉纹络都有生动表现。他作品中的夏蝉、蜻蜓，不仅翅翼的脉络清晰可见，而且两翼的重叠处及翼下身体也若隐若现，层次丰富。在他的刀笔之下，《海棠小鸡笔筒》中雏鸡那一身绒绒细毛，似乎触之可及。《百花齐放》臂搁中的一片花瓣，他能分几个层次，观之仿佛觉得有水分在花瓣中滋生。

《解放日报》文博版原主编、作家陈鹏举 2007 年曾写过一篇题为《留青竹刻》的“文博断想”，文中对徐素白评价极高：“二十世纪的留青竹刻和一个名字连在了一起，这个名字是‘徐素白’。”

徐素白神奇的刻刀让文人画的情趣、意境再现于竹上，留青竹刻由于徐素白的创造，从民间工艺走入大雅的艺术殿堂。

“刀小创万物，虫鸟和鸣声犹在；竹片如沃野，百花争艳有遗香。”1975 年 10 月 3 日，一代留青竹刻大师徐素白走完了他“静气萋萋刻精神”的人生之路。徐素白走了，他的艺术却永留了下来，并且由其子秉言、秉方和第三代徐枫、沈华强等得以传承。徐氏当之无愧地成为当今留青竹刻第一家。

在徐氏竹刻世家，看一个家族成员是否得道，就得刻一件徐素白的代表作臂搁《荷花柳鸟》，看你刻的荷叶正反面的叶脉纹络是否层次丰富、有质感、有韵味？这件《荷花柳鸟》，对徐素白的子孙，是一张考卷。

徐秉言当然刻过《荷花柳鸟》。2013 年，在天津荣宝斋办的徐氏竹刻展上，正是徐秉言刻的《荷花柳鸟》，被一位喜欢收藏的实业家一眼相中，死缠烂磨，一定要从徐秉言手中购买。徐秉言拗不过他，忍痛割爱。实业家出价 100 万元，创造了当代竹刻作品单件价格之最。徐秉言刻竹深得其父素白之精髓。

3

我与徐秉言初次见面，匆忙仓促，两人依依不舍，

作者与徐秉言、徐枫父子

相约择时再见。

三个月后，徐秉言果然又来看我。他的公子、徐氏竹刻第三代传人徐枫开车，从常州直奔嘉定。出发之前，秉言没告诉我，到了嘉定才给我打电话。他提着水果，从我居住的小区门口一直走到我家中，我很感动。

不巧的是殷慧芬这天偶染小恙，在医院挂针，我要在一旁伺候，两天后还得去欧洲旅游。我无法多陪秉言，又只能匆匆互相祝福几句，很遗憾地分手。我很觉歉意。

幸好在嘉定，我还可委托张伟忠代为接待。

旅欧回来，张伟忠说："秉言师一直在牵挂，不知嫂夫人身体好点了吗？去欧洲一路会不会太累？"我听了更是大为感动，当即打电话谢秉言，并说择日去看他。于是有了一次2012年冬月的常州之行。

同行的除殷慧芬外，还有张伟忠等。"请伟忠一起来，有些问题我可以和他讨论讨论。"徐秉言是伟忠师伯，说这话时，却谦虚得像师兄弟。

寻到徐秉言在武进湖塘镇的府上，他不在家。老伴

徐秉言与嘉定竹人张伟忠研讨雕刻艺术

说他专门为我们去“淹城”取入场券了。

我们在他屋里转悠，看他的竹木雕刻，看他画的白菜果蔬，看他壶上刻的兰花竹叶，待他回到家中，差不多对他近期的创作已有了大体的了解。

徐秉言回家后给我们看了他年轻时的作品，一件是刻在白色有机玻璃上的程十发人物画，栩栩如生。徐秉言说，这件作品他请程十发看过，十发老人夸赞不已，说他把原作中的笔墨轻重疏密都用刀表现出来了，很难得。此后，十发老人常把自己新作借给徐秉言，供他作刻竹底稿。秉言说，他最喜欢程十发的作品，和十发老人也最有缘。徐素白故世后，曾有一些书画名家的作品作为遗产由后人继承。怎么分配？秉言母亲主持了一场仪式，把名家字画分别编号，然后几个儿子先后在徐素白的遗像前抽签。秉言抽中的恰恰是程十发的画。在艺术上，秉言也较多得到十发老人的指点，比如，小小竹片有时会让秉言的写意感到意犹未尽，他听从程十发的建议，在红木雕刻上笔墨酣畅地施展他的才情，使他的红木雕刻名播海内外。他的红木雕刻作品中，多幅刻稿是十发老人提供的。

徐秉言另一件早期作品刻在塑壳保暖杯上，那杯是他老丈人用的，由于年代久远，盖子已破损。他的老丈人很不容易，几个儿女由老丈人独自一人带大。秉言去看望唐云时，唐云听了很感动，专门画了一张画，一只公鸡哺育三只小鸡。这画秉言至今仍珍藏着。秉言说："我那时喜欢刻，却无用武之地。于是，拿到什么就刻，有机玻璃、塑料杯都是。刻在老丈人的保暖杯上，也算是孝顺老丈人。"

善与书画名家交往，虚心学习，徐秉言秉承的正是徐素白的品性。

徐秉言高中毕业后被分配到一家塑料制品厂，那时他刻的并非后来让其名声大振的竹木，而是塑料烟灰缸。每天刻千余只。之后，他就读无锡轻工学院造型美术系，系统学习中国画和艺术理论，使他对传统艺术有了更深领悟。他擅画人物、山水、花鸟，他说："人说书画同源，其实刀笔更是同根同源，刀还先于笔。雕刻艺术的创新有赖于书画艺术的创新。懂画会画是刻家的必修课。”刻家历来有雅俗之分，文化学养艺术底蕴的是否深厚是竹人雅与俗、竹品雅与俗的分水岭。秉言深谙艺术之道。

我读《徐秉言竹刻木雕》，深为书中所收录的作品叹服。徐秉言的一件题为《活泼天机》的臂搁，松枝上一只灵动的松鼠圆睁双目，全身的茸毛细致入微，疏密有序，观之如觉其绵软，给人一种触摸的手感。这种感觉我在观其父徐素白的《海棠小鸡笔筒》时曾经有过。秉言深得素白大师真传。

秉言的写意留青竹刻也极富造诣。《秋之歌》可谓秉言写意留青竹刻的代表作，或虚或实，却浑然相融，极有层次。芭蕉、山石、小草，秉言都以大写意表现之，只有立于山石的小鸟，秉言是用工笔刻画的，细致到每一根羽毛之纹路，栩栩如生。鸟儿啼唱的“秋之歌”，正是秉言的点睛之处。那年秉言已 55 岁，在创作上虽正当盛年，在生命的历程中却已近秋天，引吭高歌，唱一曲激越的艺术人生之歌正是秉言内心的表白。秉言的红木雕刻，刀笔酣畅，被艺术界誉为“一枝独秀”，名播海内外。

徐秉言为人低调谦和。那天他一早为我们去取“淹城”的入场券。淹城遗址在离他家不远的湖塘镇大坝村，占地千亩，据考证为春秋晚期所筑，距今有两千五百余年的历史。常州可看的古迹不多，看淹城，让朋友们在艺术交流之余游览休闲，足见徐秉言用心。谁知到了淹城，大量新建的仿古建筑令人乏味，而且天冷风大，同行者中多数人不愿走了。我很为难，为人处世，我历来主张互相尊重，到一处做客我更是“客随主便”。真的半途折回，我怕有损秉言自尊。谁知秉言得知，却很坦然：“那就听从大家意见。”全忘了他一早为我们取入场券所遇到的周折。

徐秉言竹刻臂搁

《秋之歌》

那天我们后来又去了宜兴，秉言坐我的车。中途加油，他抢先下车要为我付资。我说我的车怎么让你付加油费，硬是阻止了他。晚饭后去宿地，在太湖边，虽有朋友带路，但月高天黑，在荒僻处仍不好辨认，又是他常常下车找人问路。种种小事，常常令我这个比他小几岁的“老弟”感到羞愧。

他的低调谦和，血液里流淌的是素白遗风。

4

秉言年逾七旬，在艺术道路上，他探求的脚步始终未停。作为中国竹刻工艺大师，近些年他在壶刻领域的造诣也令人刮目相看。互联网上有文说：“一些雕刻大师的作品，比如江南雕刻大师徐秉言的手工刻壶，更是价值不菲，经常在拍卖会上拍出天价。”前些年，他与高级工艺美术师顾治培合作的紫砂壶作品就在拍卖会上拍得七万元的价格。

秉言知道我喜欢茶和紫砂壶，在宜兴介绍我认识了好几位制壶高手，尹建平、周晓琴、王星茗周玉霞夫妇等等。秉言与这几位壶艺家都有合作，其中不少作品为市场所追捧。这些壶艺家后来也成了我的朋友。我几次去宜兴，秉言得知，总设法从常州赶来，有时让自己儿女开车，有时让他的干儿子尹建平开车去接。他说：“你来了，我总是要陪的。”

他带我看明代的龙窑。明代的柴窑现在仍在使用，别说宜兴，即使在全国也并不多。看到我在古窑前兴奋，他也兴奋。古窑有烧制的陶罐、陶盏、陶壶卖，他以他艺术审美上的独特眼光，帮我一个个地挑，从器型、色泽到是否有窑变。

周晓琴是秉言十分推崇的一位女性壶艺家，他不止一次在我面前说，她的功力不逊于当代蜚声壶艺界的一些名声显赫的大师。我想这除了她的悟性、对紫砂艺术的独特理解之外，也许还因为她是个温文尔雅的女性，特别细致、一丝不苟。

我很想见周晓琴。第一次秉言带我去她的工作室，她不在，铁将军把门。打电话也联系不上她，只得作罢。

不久，我再去宜兴，秉言又来作陪，他说他这次与周晓琴约好了，“周晓琴知道你要去，很高兴。”秉言这么说。

徐秉言与壶艺家合作的紫砂壶

秉言那天与周晓琴也有合作的事宜商量，周晓琴制作的曼生十八式，其中好几款，都是秉言刻的作品。我细细品味欣赏周晓琴陈列的作品，十分喜欢她的简练干净的线条。在一款葵菊壶前，我驻步很久，那柔和的弧度，挺括的筋线丝丝相扣，壶盖与壶身之间容不得丝毫差错的精湛，让我为之倾倒。正在与周晓琴议事的秉言注意到我的神态，走到我身边，悄悄地站了一会说：“你喜欢就买下来。”我嗯了一声，那橱窗内标价却使我这声音不够坚决。秉言说：“价钱我来跟晓琴商量。”他叫来周晓琴，六折，四折，我准备掏钱包了，秉言挡了我，说：“再降一点，我为你多刻两把壶。”周晓琴笑了：“徐老师既然这么说，我就收成本费吧。”后来的价格令我都难为情。我欠下的，不仅是周晓琴的，更是徐秉言的。

茗玉陶林艺术馆的王星茗、周玉霞夫妇也是秉言的合作伙伴。就是那个冬日的夜晚，我们从宜兴去太湖边上的度假村，王星茗说他和周玉霞正在研制一款新壶，形如鸳鸯，想让秉言绘刻。同在车上，秉言不断与小王探讨，他显然已经过构思，说他想刻几枝荷花荷叶，一只鸳鸯被荷叶掩遮半个身子，另一只鸳鸯正在寻找。一车人听了都说好。秉言说："刻什么字我还没想好。"殷慧芬听了，脱口而出："就两个字：寻他。"又补充念道："众里寻他千百度，蓦然回首，那人却在灯火阑珊处。辛弃疾的句子。"秉言说："好，有意境。"

秉言又一次让我感受到他骨子里善于倾听的谦和恭让，那是一种真正的大师风范，难能可贵。秉言寻"他"，寻了大半辈子，寻的是艺术的至臻意境。

在宜兴，我看了秉言刻的好几件作品，一丝不苟、精益求精，他总是在找自己不满意之处，对我说这一刀还可以刻得"杀格"一点，这一瓣兰花的叶片还可以稍稍往下一些，言语、表情十分平常、淡然。我听着却很为感动，秉言的竹雕木刻，在全国可称凤毛麟角，相比之下如今有些人在某一领域稍有成就，整天牛逼哄哄，尾巴翘上天，听不得别人半句批评的话。秉言当着众人面总寻自己的不足，足以让半桶水满桶晃的“大师”们羞愧。

5

都说徐秉言善画白菜，我在他书房看到他画的白菜，体会到所传不虚。秉言的白菜画，一般尺寸不大，画中的色彩以及墨色构绘的线条极为素雅清淡，丝毫不张扬。我站在他的白菜画前，不着边际地猜想，他为什么喜画白菜？

秉言说他喜画菜蔬是因为“一个人精力有限，什么都想画，很可能什么都画不好”。有一年，江苏省美协办画展，要各地送作品，常州有关部门请他也绘画参展。为了画白菜，他每天走菜场，观察形态各异的白菜，大的小的，紧的松的，青的白的，根部叶脉，一一琢磨，回到家里铺纸摹绘，前前后后画了百余张，终于画出了自己满意的作品。展出那天，江苏省美协副主席、著名花鸟画家陈大羽先生在秉言画前站立很久，细细观赏，称赞不已。

果蔬白菜也是秉言竹木雕刻、紫陶雕刻的重要内容之一。他有一件留青臂搁，刻的就是一只萝卜，同样清淡质朴。另有一件红木雕刻《园蔬愈珍馐》，是秉言 1993 年的作品，寥寥几刀，有虚有实，有深有浅，较之绘画更立体更具质感，却依旧朴实无华。徐秉言说他的《园蔬愈珍馐》：“……两棵大白菜和一朵小蘑菇，这是我自己的画作，我善画大写意果蔬。这两棵白菜的茎和叶筋，均以刚健遒劲的笔势写成的线条，而菜叶则是淡色，我

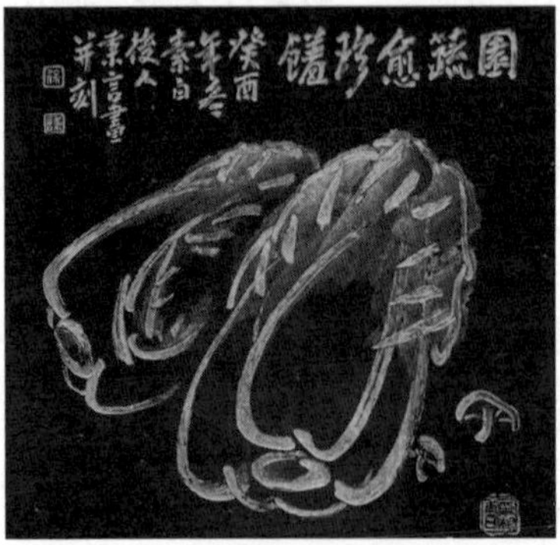

徐秉言红木雕刻《园蔬愈珍馐》

以刻刀在红木板上表现，给人的感觉那是刻刀画出的大写意中国画，利用油漆和红木本色的反差，创造多种中间层次反 映墨色，给人以扎实厚重的感觉。”

古往今来，齐白石、吴昌硕、郑午昌等大师都绘过萝卜、白菜。吴昌硕画中题句：“真读书者必无封侯食肉相，只咬得菜根耳。”体现了他的清淡品性。抗战期间，郑午昌在上海办“白菜画展”更是轰动一时。“不写牡丹写菜根”、“如留清白与儿孙”，借白菜清白素净，郑午昌喻人格秉性。如今秉言画白菜、刻白菜，我想也正是他朴实品性的宣泄和表达。

朋友中也知道秉言的白菜画得好，随身带了件手卷，请秉言补白。秉言很爽快就答应了，只是请对方别急，他说要慢慢琢磨怎样画得更好。拖了段时间，那朋友还是有点急，催我从侧面问问。秉言得知哈哈大笑：“我的白菜早就画好，我看他喜欢书画，手卷上空白又多，我请常州别的书画名家在画呢。”秉言就是这样，你开口向他索一，他就会想法给你二、三。

壶艺家尹建平是秉言认的干儿子，与秉言合作的紫砂壶作品最多，不少已为海内外多位著名人士收藏。尹建平壶艺精湛却敦厚淳朴。我每次去宜兴，他那里我是最多去的。有一次在他家吃饭，见他用的碗是紫泥手工所制，浑圆厚敦。我喜爱之极，请他也为我做几个。秉言在一旁听着，忙说："好，我来刻大白菜。"不经意之中，秉言再次显露他喜粗茶淡饭。

秉言的工作室挂有一副对联："事能知足心常乐，人到无求品自高。"白菜味淡心清，正是其清白家风的体现，更如秉言的处事为人。

秉言答应要为我画白菜，后来也为我画了几次白菜，只是我不在常州，他每画一次就被喜欢的朋友拿走。2014 年秋日，他为参加常州的画展又画了几幅白菜，并专门给我发来信息，说是为我留了他最满意的一幅，还说："你要快些来拿，要不又要给别人拿走了。"

2015 年元月，我从南京返程上海的途中，去了常州。一是看望秉言和我的另一位朋友、艺术家洪磊；二是为了秉言那幅画。晚上，两人都要请我吃饭。我说服秉言："去洪磊那儿吧，都是常州的艺术家，洪磊更现代，相互认识下，没什么坏处。”秉言又一次体现了他的谦和好学，一口答应，并叫了中国美院毕业的徐枫。徐枫知道洪磊，当然不想放过学习和交流的机会。

晚饭时，洪磊说了些他们家的历史以及他与父亲的关系。因此，这次聚餐也成了我补充采访洪磊的机会。几个月后，我写了篇关于洪磊的人物散文《魂兮归来》，其中不少细节，都来自那次晚餐。

饭后，洪磊请大家到他工作室喝茶。他向各位赠送了他的画册《应是绿肥瘦红》(四川美术出版社2006年8月版)。秉言读得十分认真，而且每每读出感想来。秉言指着洪磊的一幅彩色摄影作品《说吧，记忆·蝴蝶》：“画面中的蝴蝶在飞，却又被一根根线牵制着，这说明蝴蝶的飞是有限制的。很深刻。”艺术评论家吴亮曾说：“看一件当代艺术，不能简单地说好还是不好，基本功都在那里，重要的是看他告诉了你什么。”显然秉言深谙此道，而且看出了洪磊作品中的内涵。吴亮后来听说了这件事，“跨界交流，好啊。”他如是说。

那晚，我与秉言一起回到他居住的武进湖塘镇，路上他说与洪磊的交流收获很大：“我在想，竹刻艺术表现的内容，除了传统的花鸟山水之外，能不能有所突破，内涵更丰富些。”秉言还在不断吸收，不断学习，真不容易。

第二天一早，我去秉言府上辞别。他到二楼取他为我画的《清蔬图》。二楼墙上挂着徐素白的遗像，他上香祭拜。他说他每天在这里临写一幅《心经》，有很长一段时间了，他写的《心经》一卷卷已堆了不少。他说：“有朋友来，看到了喜欢，我就让朋友随便拿，你喜欢，你也拿。写《心经》让人心静，好。”

我拿了《心经》之后，他又打开橱门，取出一件大红酸枝手串，套在我腕上，说这手串是开过光的，他送给自家人的，他的兄弟、子女都有，祈福他们平安康泰。我抚摸这手串，有点激动：“徐老师，你把我也当自家人了。”秉言和他的老伴笑眯眯地看着我：“早就把你当自家人了。从常州开车到上海要两个小时吧，你也上了年纪，你带上这手串，保佑你一路平安。”

我听着感动。为眼前的《心经》、徐素白遗像、袅袅飘拂的香烟、秉言为我画的《清蔬图》所营造的气场所感动。

那幅《清蔬图》，是秉言帮我提上车的。这画现在挂在我家餐桌上方的墙上，一棵大白菜，三两株茭白，三两个西红柿，色彩素雅。即使画西红柿他用的红色，也是淡淡的，丝毫不张扬，本色、素白。

叶有清风

叶广芩（1948—　）

叶有清风花有露……

——宋·欧阳修《渔家傲》

1

乙未春日晨起，殷慧芬说她梦中见叶广芩来我家做客。我说梦里的事情，你别太当真。可事情就那么巧，仅过几天，广芩真来电话了，说他们夫妇四月中旬去土耳其，从上海出发。我说：“好啊，那你们就早点来上海，在我们家小住几天。我答应过替顾大哥去昆山寻根的。”广芩的爱人顾明耀是顾炎武后裔。

广芩爽快，一口答应：“好，那我们早点来。”

殷慧芬和叶广芩相识有二十年。1996年6月，她俩在庐山参加《百花洲》笔会，同居一室。“我俩之间有着太多的不同：我们彼此的家乡一北（北京）一南（上海），她出生满清贵族，我出生上海普通市民家庭；她曾经闯荡西北，东渡扶桑，我除了旅游从未离开过上海。她说非常标准的京味普通话，我说一口被她称作‘鸟语’的沪语。我们勉强相似的是年龄，或者还有对文学的敬畏。一年后在西安我看到她描写上海男人的文字：小气，斤斤计较，怕老婆……你看看，她对上海人的偏见！好在我们都‘为人实诚’（广芩语），友情就在这样的陌生和偏见中，一点一滴仿佛凉水泡茶，慢慢滋味起来。待到下山分手，我们已经成了好朋友。”殷慧芬在一篇题为《最是书香能致远》的文中这么记录她与叶广芩相识时的情景。

叶广芩也有文章写殷慧芬的：“往来日本探亲，都要经过上海，每每在飞机上俯视那座高楼林立的城市，总要想，脚下的繁华中，殷慧芬此时不知在干着什么。上海朋友不少，熟人也多，而让我常常思念者只有一人——殷慧芬。的确，不是文学，我们此生绝难在人世间相遇。殷慧芬寡言爱笑，从长相到装扮，从言语到做派，无不透着江南女子的清秀、聪慧，透着南国女儿的水灵、俊美。我与之相比有些粗糙、简单，不修边幅的外表加上大而无当的性情，像是黄土坡上'放羊的'。可是，我们竟然是朋友，这让圈内人很难理解，这样的两个人怎么能'说到一块儿'去。"

殷慧芬和叶广芩在庐山笔会

读她们俩"相互吹捧"的文字，我不觉"肉麻"，倒更觉她俩心灵相通。

庐山《百花洲》笔会之后，他俩分手不久，广芩就写过这么一封信——

慧芬：

你好！我昨日才由烟台回来，进门见到你的书，高兴极了，这个讲鸟语的小阿拉，挺有人情味儿。这两天一直在拜读大作，细细地每篇都看了，你写得非常好，我不仅了解了鸟语，也了解了鸟人。我这两天的心情被你的文章搞得很压抑，有些沉重，足见作品感染力之强，我最喜欢最后一篇，也喜欢你写的后记，看得我掉泪了。能让我掉泪的作品不多，所以我边看边骂：这个阿拉……从苏州到烟台的火车上读到你一篇在四川说桑那的文章，我对报纸的主人说，“我认识这个作家。”对方看着我，不信，好像我在吹牛。当然，看我这样也不像写书的，大概对方把我认成了送牛奶的。遗憾的是当时我竟拿不出认识你的证据，这真有点妈妈的了。

我们的性格截然不同，相处竟很愉快，关键是我们都很善良，看透人生，有种从上到下看人寰的角度，便一切顺其自然了。

有机会来西安吧，我领你吃遍西安，走街串巷地吃，当“汉奸”我很在行。

寄去咱们别墅的照片，那美好的一瞬永远留给了你和我。

祝

快乐。

广芩　7.24

广芩寄来的那张照片，殷慧芬一直珍藏着。正如广芩信中所说，那美好的一瞬永远留给了她俩。

后来她们还一起参加作家出版社的武夷山笔会、全国作代会。每次见面，她俩都要相隔好几年。但是心里都感觉似乎还在庐山，那个小别墅，那个可以眺望青山的大露台，彼此推心置腹……

1997 年殷慧芬还在西安叶广芩家住过几天。叶广芩说殷慧芬：“她住在我们家，时时关注到老的和小的。闲了的时候，她会坐在桌旁用她那不标准的普通话跟我们家95岁的老公公聊天。来了个殷慧芬，老爷子从宣统说到袁世凯说到蒋介石说到抗日战争说到文化大革命，都是他自己经历的事……殷慧芬引着老爷子说，她笑眯眯地听。寂寞的老爷子每天都盼着殷慧芬回来，早早地煮好稀饭等着，以继续昨天的话题。在我的众多文学朋友中，老爷子能记住的，只有殷慧芬。能和95岁的老人扯些家长里短，柴米油盐，这使我感到殷慧芬是个很平民化，很生活化的朋友，距离一下拉近了。"

1999年，殷慧芬的长篇小说《汽车城》出版，她让我给叶广芩寄去。广芩在收到寄件的同时，从电视里看到了殷慧芬眼睛近乎失明的报道。看着好朋友戴着墨镜的画面，广芩惊呆了，没想到会病成了这样……广芩的老公公也从房间奔过来，一遍遍地说"她来时还好好儿的呢！"

对广芩来说，这实在是太突如其来。她不知道殷慧芬怎么样了，电话打到我们家里，没人接。她只能将无限的担忧和挂牵转移到那本厚厚的《汽车城》上。

“《汽车城》，名字取得很工业，很有力度，原以为，殷慧芬这样的纤细女子，一定是以家庭生活为主体，以工厂为背景，制造出一个凄美婉约的故事。不料，一读便让人震撼，这女子，竟是直面大工业题材，直面企业的改革，让读者一下就进入了上海中外合资的汽车制造工业，气魄之大，让人刮目。”

广芩在工厂干过15年，她知道大工业的场景。读《汽车城》，让她“读出了乾陵狮子的感觉，而它竟是出自一位江南女作家之手”，这使她重新认识和理解了上海人。

2

因为写《汽车城》，殷慧芬眼睛受到严重伤害，她被迫搁笔。而广芩的创作却势如破竹，佳作连连。《采桑子》、《全家福》、《青木川》、《状元媒》……一部部在文坛引发强烈反响。殷慧芬很为好朋友高兴。

2014年7月，广芩突然向殷慧芬发来一条信息，说她因公务活动正在上海，问什么地方有麻布衣衫卖?

殷慧芬说，有啊，在嘉定。她本就想请广芩来嘉定做客。

广芩说来就来。她在上海仅两天半时间，来嘉定看老朋友却用了整整一天。她们先在州桥老街转悠，在文学青年小高的衣铺，广芩一口气挑了 11 件麻布衫，一边试衣一边说笑："到一地方就得找'汉奸'，没慧芬，我到哪去找这样的铺子？兜一天南京路也甭想找到。"殷慧

陪叶广芩逛明代古典园林秋霞圃

芬在她嘴里就成了她在上海的“汉奸”。

午后，我又陪她们一起逛明代古典园林秋霞圃。对园中碧梧轩、丛桂轩、涉趣桥、米汁囊等，广芩赞不绝口，感慨古代文人在园林设计上的精思巧想，更赞美其难得的幽静。有点累了，我们就在荷花池畔“柳云居”旁坐下，向茶室要了一只热水瓶，品茗自己带的福鼎野生白牡丹。广芩连称这茶好喝。

回到我们家，喝了壶陈年老寿眉，广芩又说这茶好。殷慧芬送了她一个手工的绣花挎包，我将两罐特级白牡丹和一饼老寿眉，装在那绣花挎包里。

晚饭在自己家喝绿豆粥，佐以南翔小笼和几碟小菜：凉拌黄瓜、虾皮蒜茸蒸丝瓜、酱乳瓜、海苔肉松、酒醉黄泥螺……别的她都说好吃，只是对黄泥螺感到陌生，不知这是啥玩意儿，没见过。

围着那张清中期的双拼半圆桌，我们相聚甚欢。

我们家的一些老家具让广芩感慨：“我们家都是新的了，老的都没有了。也不是别人，是我们自己在“文化大革命”时，烧的烧，砸的砸，卖的卖。光字画当废纸卖，别人用平板车来拉，徐悲鸿的，溥心畬的都有，我哥是徐悲鸿学生。”

我说我在《月河淘旧》的“跋”中写到过你们家的事。我找出那书，翻到那一页，念给她听：

“对古代优秀文化遗产的糟蹋，许多年里比比皆是。殷慧芬的好友、著名作家叶广芩是清皇室叶赫那拉氏的后裔，1966 年，无奈将历代名画撕碎当废纸卖，足足有两百多斤。几年前，殷慧芬与她一起参加过多次笔会，每到一地，殷慧芬有时会关注当地的古玩市场，叶广芩却不屑一顾，除了她年幼时什么古玩都见识过之外，我揣测她若再见那些古物时，内心一定是百感交集的。”

我问她：“是不是这样？”她说：“是这样。”

广芩在回忆录《没有日记的罗敷河》中，说她从八九岁开始就代母亲跑典当行，把家里上百年的老底一件一件典当出去以维持生计。在 1960 年的饥饿年代，她把家里最后一个乾隆年间宫廷作坊的鼻烟壶，以 1 元 5 角的代价典给了古玩商，转身换取了保命的 5 斤黄豆。1968 年，贫病中的母亲给即将远赴西安工作的广芩凑一床被子，以34元的代价典当了一条精美的波斯毯子，事后这条毯子以数万元的价格出现在文物商店……广芩说，经她手从家里倒出去的古玩字画何止价值千万。在“文革”破四旧的疯狂中，广芩家里铺天盖地的字画、古籍、精美古瓷，都在院子里化作了灰烬和碎片……

广芩最喜欢我们家那张雕花供桌：“看看这蜻蜓雕得多好。”她又指着那老榆木圆包圆方杌说：“那应该是一对。四个就不对了，四个是凳。知道这杌是干啥用的吧？是抽大烟时放在榻边上，作辅助用的。”她到底是见识过的，知道不少。

叶广芩喜欢我们家那张雕花供桌

翻着《月河淘旧》，看着其中关于拔步床的插图，她说："真好。这书我想要。"她还要了我编的《人文嘉定》："我对江南了解太少，嘉定文化底蕴深啊！"

广芩的手机铃声响了，是她先生顾大哥从浦东机场打来的。就在这时，我方知顾大哥是昆山顾炎武后裔。也在这时，我许诺，下回陪顾大哥寻根去。广芩在电话中转告顾大哥："老楼说，下次要陪你到昆山寻根。"挂了电话，广芩转身对我说："听说要陪他寻根，他高兴着呢！"

顾大哥也许从这一刻起，对昆山的千灯古镇就充满了期待。

那次，是广芩第一次来嘉定，我对她说"嘉定三屠"，说多铎和李成栋的血腥和八大王的慈悲，告诉她2013年邵燕祥老师来，回去后写了一首诗《初来嘉定感怀》："史以真实能发聩，城因屠戮久知名。只缘某是清兵后（家母为满族血统），独向郊原吊冥灵。"

广芩听罢，沉默了片刻。她说了在四川丹巴的一件事。那夜，她有噩梦，梦见自己被反绑着与别人一排跪在地上，被砍脑袋，那头颅在地上滚。她心想这下完了，便醒过来。第二天她才知道乾隆年间，清军曾在这里有过恶战，双方死伤无数。她想莫非遇上那些冤魂了。

天地悠悠，冥冥之中真有许多事说不清。广芩刚到嘉定，骤然间暴雨倾盆。夜晚我开车送她至市区下榻的酒店，又遇瓢泼大雨。我不明白广芩来时去时的两场大雨意味着什么？为什么这么巧？如注雨水是否在洗刷前世恩怨？广芩在嘉定、在江南是否从此不再有噩梦？

如果说近二十年前叶广芩见识了殷慧芬这样的上海女人，那么她初来嘉定便见识了像我这样的上海男人。我问她："我是上海小男人吗？"她连连说："不是不是。"我说上海男人并不像传说中那样。她大笑。离别后，殷慧芬收到广芩短信，说她很开心，希望今后两家像亲戚一样走动。

3

这不，时隔一年广芩又来了，而且与顾大哥一起。

我到铁路上海站南广场接她，她和顾大哥一人拖着一个行李箱，手里还提着纸袋。广芩一见我们就高兴，说：“来上海那么多回，一下火车就有朋友接站，真好。”

我接过她提的纸袋，那是“汉中仙毫”的原包装。我一见就乐，广芩真知我心，我爱什么她就带什么来。

陕西也出好茶。2008 年 8 月上海举办书市，陈忠实因新作《关中风月》为读者签名售书。那天夜晚一下飞机，他就来电话，要与殷慧芬见个面。翌日上午，我们去他下榻的宾馆。一到他住处，陈忠实就给我们每人沏了一杯“午子仙毫”：“这是我们陕西的茶，好喝，不比龙井、碧螺春差，龙井、碧螺春有冒牌的，这茶真。”我第一次听说陕西竟有茶不比龙井、碧螺春差，我很觉意外。回家以后我查阅茶谱，确有记载：午子仙毫、汉中仙毫、紫阳毛尖、秦巴雾毫……都为历史名茶。可见陈忠实所言不虚。

接至嘉定，我问广芩要不要休息？广芩说不了，于是放下行李即去昆山千灯为顾大哥寻根。

顾大哥先祖从千灯迁徙湖北林亭，他出生在山西。

他们这一辈中，他是第一个来到祖籍昆山的。

千灯让广芩迷恋的不仅是因为夫家先祖的根基地，还因为那里的小桥流水、老屋古巷。在古戏台，有当地艺人演昆曲《牡丹亭》，她站在那里居然不想离开。“原来姹紫嫣红开遍，似这般都付与断井颓垣，良辰美景奈何天，便赏心乐事谁家院……”这唱词让她迷倒。她不止一次地喃喃自语“真好真好”，甚至怀疑自己的前世是个江南老生。

叶广芩和她先生在顾炎武故居

在顾炎武的故居，她更是留连。顾炎武起居室、顾炎武祠堂、顾炎武读书楼、顾炎武墓、顾园……顾大哥和广芩一一瞻仰观赏，表现出对明末清初的这位杰出思想家的尊敬。

看着叶广芩随着夫君在顾炎武遗像前的祭拜，我忽然心生感慨，顾炎武在清兵入关后，是江南著名的抗清志士。“戈矛连海外，文檄动江东”(《亭林诗集》)，顾炎武抗击的正是叶广芩的先祖啊！叶广芩与顾炎武的后代喜结连理，乃至她的祭拜，不但让我想起“化干戈为玉帛”的成语，更让我看到世界共和的光芒。叶广芩祭拜的更是和平。

第二天，我问叶广芩还想去哪里？南京路？东方明珠？外滩？陆家嘴？她都无兴趣，她说她这个“江南老生”喜欢江南园林。于是我们约定去南翔古猗园。

古猗园，明万历年间，由汝州知州闵士籍以宦囊在南翔兴建，规模有“十亩之园，五亩之宅”。竹刻家朱三松设计布置，“猗园”园名取自《诗经》“绿竹猗猗”句。

闵士藉去世后，猗园在万历年末转让给翰林李名芳之子李宜之。明末清初，又先后为陆、李两姓所有。清乾隆十一年冬，叶锦购得猗园，次年春大兴土木，于乾隆十三年秋落成，改名古猗园。

一进古猗园，广芩笑说：“昨天咱们看顾家的园子，今天看叶家的园子了。”

广芩的这句玩笑话却引发了我对她身世的思索。叶广芩姓叶赫那拉，清代这个显赫的家族以出皇后而著名，至于嫔、妃之类就更不在话下了。辛亥革命后，这个家族从简姓“叶”。广芩年幼时，曾在颐和园她三哥家的小院居住过，从龙王庙码头到后山藏庙遗址，从西堤六桥桥墩至仁寿殿的流水沟，还有北宫门的石阶、后湖的睡莲……一个淘气的“小格格”整日在颐和园里野逛。颐和园成了她童年最好的记忆。如今的古猗园虽然在乾隆年间被一个叫叶锦的购得，但在广芩眼里与颐和园比，也许是小巫见大巫了。

广芩骨子里有一股傲气，也许与她的出身有关。她的小说《采桑子》，书名就来自她家族的先人、词界才子纳兰性德的《采桑子·谁翻乐府凄凉曲》的词牌，字里行间流动着无言的风骨。

广芩一度在陕西周至县挂职当县委副书记，她穿旗袍，坐小三轮在县委大院里进进出出，成了当地引人瞩目的“明星”。县文化馆馆长提醒她说你是书记，不能穿这个旗袍在县委大院里进进出出。广芩说，书记怎么不能穿？馆长说，旗袍不正经。广芩说，谁说旗袍不正经了？旗袍是国服，你看出国的夫人都穿旗袍。馆长说，那人家是夫人，你是书记。广芩说，书记该穿什么？馆长说，穿套服。广芩说，去你的土八路，我就穿旗袍！

周至是一个文化大县，周秦遗迹、汉唐古迹比比皆是。白居易在那里当过县长，在那里写下了千古名篇《长恨歌》，李商隐也当过周至的县长，留下了大量意味隽永的诗篇。周至有老子讲授《道德经》的“楼观台”，是道家的发源地。唐宋诗人王维、李白、白居易、李商隐、欧阳修、苏轼等都在“楼观台”留下了墨迹。周至历史文化积淀丰厚悠长。广芩在周至挂职是一种前世今生的缘分。叶广芩的长篇小说《老县城》正是她在周至

叶广芩在南翔古猗园

的丰厚收获。

从北方名城到江南嘉定，文思泉涌的叶广芩在南翔这个曾经的“叶家”园子里会不会有新的灵感？

正是牡丹盛开的季节，逛园先看牡丹。

我发觉她拍的牡丹照片比我们拍的都美。我问广芩为什么？广芩说，这花跟人一样，你待她好，她也待你好。她走到一株花前，凑近了对她喃喃自语。那花真像有灵性一般，微微曳动着更加妖娆起来。

我怀疑广芩有第三只眼睛，诧异广芩神通古今意会天地的感觉。

她的这种感觉在南厅附近得到了进一步印证。

南厅有四百多年历史，依竹傍水，是园主李宜之的书房兼卧室。明朝末年，李宜之家中奴仆曾群集南厅，强逼李家拿出契约，李家多人被打死。李宜之因去金陵，逃此劫难。此厅之后一度被称“难厅”。

几十年来，制造这起恐怖暴动的杀人犯一直被作为正面人物歌之颂之，南厅外墙镶嵌多幅浮雕，便是这种宣传的例证。

叶广芩走到这里，见南厅墙外一座唐代尊胜陀罗尼经幢被雷击过，她说很怪，为什么在微音阁旁与它成对的那个唐经幢好好的呢？偏偏这座被雷击？

南厅大门对面是竹枝山，种了一大片倭竹。倭竹，灌木状竹类，低低的，矮矮的。据说，李家被杀的尸体就埋在这里，难怪这一丛丛倭竹，远看似坟冢。

风很大，风卷着树叶在叶广芩脚边打圈。她说这里有冤。有人把她拦住了，要她做点事。她说她的这种感觉越来越强烈。来自几百年前的亡灵在向广芩喊冤，让叶广芩有一种创作冲动。她说要写个小说，为冤死的亡灵说话。

广芩想进南厅看看，可惜大门紧闭。

怏怏离去时，风卷着树叶又不停地在她脚边打旋。她指着树叶说："你看你看，它们拦着我，不让我走呢！"

也许广芩确实肩负着一种使命。在古猗园餐厅用餐时，门一开，又是一股风，卷着树叶在门槛外不断盘旋。广芩说，他们又找我来了。

她这种第六感真的很奇妙，也许是冥冥中的注定。几百年来，对南厅这起冤案，今人应有重新评说，否则冤魂不散。广芩来了，是冤魂们千载难逢的机会。叶有清风，广芩是他们申冤的清风。

广芩说，得设法进南厅看看。殷慧芬通过关系找到古猗园经理刘松梅。刘松梅正在市区开会，得下午一点多才回来。

等候刘松梅时，我们逛南翔老街。在五代双塔附近，殷慧芬的手机突然铃响，正是刘松梅打来的。很怪，好端端的天气此刻突然下起雨，很稀，雨点却大，像眼泪。广芩说，他们已知道我们和刘松梅接上头了，感动得哭了。

与刘松梅一起跨入古猗园北门的时候，前面屡见的情景又发生了。一阵阵风，卷着散落的树叶打着旋，又在我们脚边纠缠。广芩说："你看你看，又来了。"

刘松梅得知叶广芩想写小说，想看南厅里面的气场，赶紧让人拿来钥匙，打开南厅紧锁的门。她知道根据叶广芩小说《青木川》改编的电视剧《一代枭雄》让一个边陲地区的山城成为旅游热点，光一个端午节，收入就过亿。

一直在风中盘旋着紧随着的几片树叶，像"上访者"那样，也许觉得有点累，也许觉得已经得到了令它们满意的回复，停留在南厅门槛外，再也不折腾。进南厅后，再看窗外，一片风和日丽。

广芩说："他们知道了，放心了。"

广芩正在写"楼台厅阁"系列中篇，都是通古会今的故事。她已写几篇，古猗园之行让她有写“南厅”的感觉和冲动。她说她不虚此行。

说来也巧，我的朋友、《收获》的程永新在微信中说他喜欢广芩的小说，却找不到她，得知广芩与我在一起，请我代他向广芩约稿。

这似乎是冥冥之中的又一次契合。我对广芩说：“你写好了就给《收获》。”广芩说：“行。”

4

广芩说起了她的过去。她 6 岁失去父亲，20 岁当了“反革命”，下过农场养过猪，曾经生不如死。

1955 年中秋之后，广芩父亲去河北彭城工作。她追着父亲乘坐的电车，挥手向父亲告别。那一别，竟成永别。她是所有兄妹中最后见到父亲的人。当年父亲客死他乡。没有了父亲，一家人的生活陷入了极度困境，孤儿寡母只能靠典当旧物维持生计。

广芩向我说这些往事的时候是在秋霞圃，嘉定又一明代古园。去年7月，广芩去过。这次去，她是想为写《南厅》寻找补充的素材。

秋霞圃内一块奇石米汁囊阴雨天前会流泪；一棵鸟都不会停的很贱的枸骨，200年后竟成乔木，而且还结红果；好端端的一棵百年茶花，被砍去一条胳膊，之后一个女学生就发了神经病……她听我们说园子里曾经的往事，觉得其中有太多的故事可挖。

在碧梧轩前的空地，叶广芩听说“文革”中，学生们曾在这里跳忠字舞。她陷入深思。1968年，她被分配到陕西，在工厂大扫除烧纸时，念了一句“纸船明烛照天烧”，被人告密打小报告，她被打成“现反”，下放到农场监督劳动。因为被烧废纸中有破旧的毛泽东像。那年她20岁。

在农场，叶广芩给混浊的井水消毒，结果因为有人将消毒水标签贴错，造成众人中毒呕吐，她又被当成投毒分子接受审查。叶广芩在劫难逃，想到了死。她从干活的收割机上，往下跳。后面紧随一辆卡车，她想卡车会从她身上辗过。谁知这一刻，紧跟其后的卡车突然刹

叶广芩与花喃喃对话

车，因为卡车在转到田边夹角时，角度太小，不得不停了下来。欲死不能的叶广芩经过辗转难眠的一夜，豁然开朗。她从此活得更坚强。

回首往事，叶广芩仍感慨万分。她说，那时她找对象都没人要，给她介绍的不少是劳改刑满释放的。后来她遇到了顾大哥。一个昔日清王府的“格格”与抗清志士顾炎武的后裔终结良缘并相濡以沫几十年，超越了民族仇恨和阶级隔阂，终归大同。

一直熬到 1986 年，叶广芩终获平反。

秋霞圃的牡丹也开得正艳，池潭边的两棵昙花也开了，广芩兴致勃勃地拍着照，时而又走到花前与它对话。

看着阳光下她如此怜花的神态，想起她的人生经历，我恍然明白她为什么会在古猗园南厅昔日血案前寻找到创作的灵感？

广芩不希望人世间无休无止的你争我斗互相残戮。“叶有清风花有露”，“良辰美景奈何天”，人间和风庆云，花好月圆，有多好！

雾中归帆

江宏（1949—　）

古木生云际，归帆出雾中。

——唐·陈子昂《白帝城怀古》

1

江宏乙丑年画的《石壁松云佳趣之图》在寒舍挂了六年有余，线条墨韵俱佳，我一直很喜欢。江宏每次来，坐在茶桌旁，都要回首看自己这幅水墨画。乙未春节，他突然说要补几笔。我吃惊，在我眼中很完美的这幅画，他要补什么？他说他有感觉。艺术家贵在不满足自己，我赞美江宏的不断求精。

和江宏相识有十四五年了，初次见面是陈鹏举来嘉定看望一位中医，离开后，一帮子人即来我家。江宏夫妇亦在其中。

那次见面，江宏夫人方琦说她喜欢殷慧芬的石库门小说和《汽车城》，是殷慧芬的粉丝。我说，那我是江宏的粉丝。这倒不仅因为江宏的画，更因为江宏的渊博学识。当今不少画画的，读书很少，有的甚至胸无点墨。

江宏在他的工作室

江宏不但画好，字好，文章也好，尤擅旧体格律。他还是位美术史家，历时十三年编了十三卷浩瀚的《中国书画全书》，一千三百万字，洋洋大观。我历来尊敬饱读诗书真才实学的朋友。之后，我和江宏惺惺相惜，交往甚密。

我与江宏投缘，还因为都喜欢茶。江宏夫妇曾在安徽宣城插队，宣城出好茶，敬亭绿雪、金山时雨、涌溪火青、汀溪兰香等等举不胜举。有一年，江宏夫妇说，他们插队时喝过一种茶，“鲜是鲜得来，像鸡汤一样。”说得我唾液都流出来。于是我们开着车一整天在宣城地区转悠、寻找。车轮经郎溪、泾县、广德等地，沧桑阡陌，当年他们喝“鸡汤”茶的地方再没找到，无意中闯入南漪湖，那质朴本色的自然风光让大家难忘。

此后不久，嘉定有茶友赠我两罐塔泉云雾茶。江宏夫妇再来嘉定时，我请他们品尝。一入口，夫妇俩就惊喜不已：“找了一天、要找的像鸡汤一样鲜的茶就是它！”我恍然想起那茶友正是他们插队过的宣城人。我以其中一罐赠江宏，也算是“半壁江山”。之后，我还在

《新民晚报》撰文记录此事。

又有一次，江宏去上海书画院在溧阳的创作基地作画。我因喜欢天目湖的白茶，便驱车紧随。江宏在那里画着颇具黄公望意味的山水，我们却享受当地茶人冲泡的茶，闻着这茶散发的独特清香，看着嫩匀成朵、银翠含绿、如同凤羽的玉白色叶片，茶香和着江宏的水墨弥漫，着实令人陶醉。

知我喜茶，江宏得“金骏眉”、“雾里青”等好茶，必与我分享。知我喜壶，一日专程来嘉定，兴致勃勃说

江宏画着颇具黄公望意味的山水

他前不久在宜兴画了壶，并将其中一把赠我。那壶为高级工艺师周菊芳所制，壶壁是他画的水仙，所题行草是黄庭坚的句子：“凌波仙子生尘袜，水上轻盈步微月。是谁招此断肠魂，种作寒花寄愁绝。”我每次用此壶品茗，涪翁（黄庭坚）与恢翁（江宏）共同营造的意境总让我感怀不已。

甲午年，我的新书《吃茶笔记》出版，我送书去，一见面就说，“这本书中，你的名字也许出现最多。”他哈哈大笑：“真的？”我一一翻给他看，“有十来篇都写到你。”

他说，这些文章是他与我因茶结缘的见证。

朋友圈中都说江宏洒脱慷慨，既有士大夫气息，又有上海大码头的派头。我和江宏相识不久，得知一位朋友经营画廊有点困难。她说：“楼大哥殷大姐，什么时候到画廊来看看。”我懂她的意思，第二天就去她复兴路的画廊。我一一挑选，见有江宏作品，我想同样帮她，为何不买些朋友的作品，一举两得？我即选了江宏的《溪山访友图》。那朋友立刻向江宏禀告。江宏在电话那头数落她："我的画怎么可以让楼兄买？"坚决不让她收我钱。我执意不允。他拗不过，说："那我另外为你再画一幅。"后来他真为我画了，上题"松风流水和，是处有知音。"松楼同木，江流共水，字句中表达了我与他之间的友情。

关于江宏这样的故事我听过不少，有一回他答应为一朋友作画，画好后他叫朋友去拿。那朋友把几万元钱放在他家桌上，他勃然大怒，说是答应送你的，怎么能收你钱？快把钱拿走，要不我就撕画了。

他仗义豪爽，一直说，一个画家的成功，不在于他是什么官衔、职称，更不在于钱多，而在于他能否在绘画史上留名。他任上海书画院执行院长期间，对我几次说过想辞去职务，归隐于市，潜心作画。在这一点上，他与我心相通。

《溪山访友图》挂在我家客厅，每每见之，我总觉把小船系在岸边，款款向茅屋走来的就是江宏，而在茅屋里静候的就是我。虽然山水环境、人物服饰都是古代的，但我想如果穿越时空，没准几百年前我们真有往来。

江宏喜欢来嘉定

挂了几年之后，江宏说："《溪山访友图》可以换掉了。我画风有变，我为你画幅新的。"我求之不得，连连称好，得知江宏的水墨精彩，还特地关照要水墨。江宏不久就送来《石壁松云佳趣之图》。喜欢游历的江宏用他的墨韵让同样喜欢游历的我一次次地重回恍若仙境的山水胜地。

江宏喜欢来嘉定，不仅因为嘉定的白切羊肉、本地白蚕、蒜苗，也不仅是因为我这里的茶，更因为嘉定有他可以互诉衷肠的朋友。

2

年少时，我评判画的好坏标准就是看画家的字，字不好画就不好。这一简单的评审尺度延续了很长一段时间。待我有了对画的审美眼光之后，我仍固执己见，好画须有好字配。

读江宏的画，我发现他的字极好。于是每次见面我总赞扬他的一手好字，赞扬了十多年。在江宏朋友圈中，也许我是最早拥有他书法作品的。篆书行书行草狂草，他都有馈赠。以致后来，与我走得近的几个嘉定朋友也多有收藏。

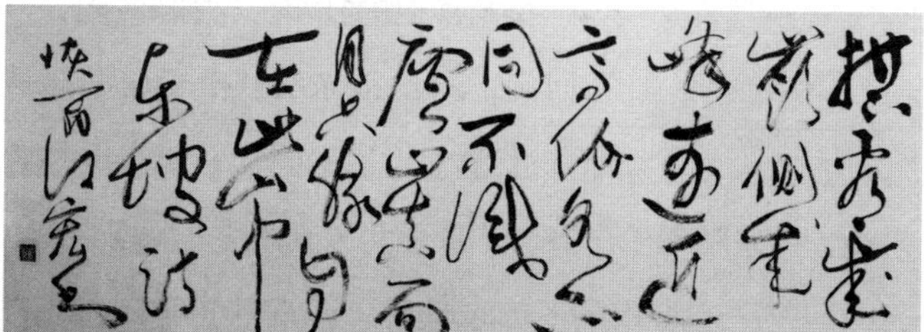

我尤喜他的狂草

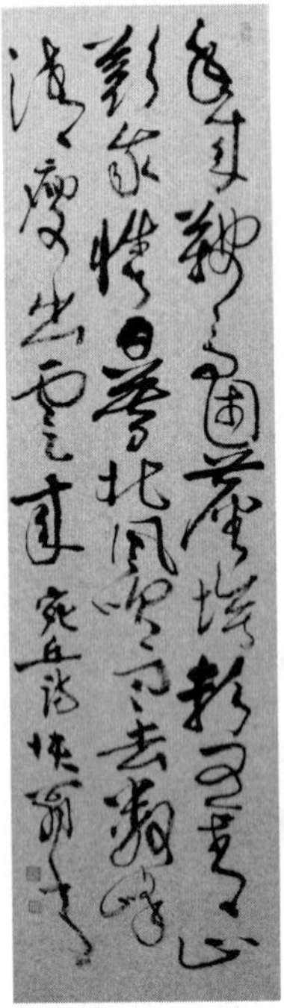

线条恣意挥洒，
无不如画

江宏在接受上海《财富堂》记者采访时说："以前我对书法没有特别的感觉，不少人说我写得好，那只是字，并不能入书法的层面"。"但最近几年里，我倒是十分认真地将写字当作一种操练了，先写一年的篆书，接着是两年的草书，一直到现在越写越来劲。"我想他说的不少人中，也许我是始作俑者。他的"来劲"，与我和朋友们的鼓与呼不无关系，就像在球迷的喝彩助威中球星连连踢出"世界波"好球一样。

我尤喜他的狂草。"叠嶂西驰，万马回旋，众山欲东"，"横看成岭侧成峰，远近高低各不同"，"朝行曳杖青牛岭，崖泉咽咽千山静"，"日暮北风吹雨去，数峰清瘦出云来"……辛弃疾的、苏东坡的、张耒的句子，在江宏笔下，线条恣意挥洒，无不如画。不拘泥碑帖笔画，更在乎线条诗意流淌和心情抒发。他在书法中的本性袒露，就像他酒酣之际的妙语如珠，内心悲愁喜怒如大河喷泻。

江宏说他不临帖，“只是写之前从古人留下的碑帖中解析一下字形和笔势。一旦写开，完全听自己的了。”

每每与他出游，借着酒之魔力，江宏总为朋友慷慨挥毫，苏东坡、辛稼轩在他笔端一次次地豪迈奔放。在家，即使酷暑，他也天天狂草，大汗淋漓方觉酣畅。每逢得意时便发图与我共享。我惊艳他笔墨中的谢稚柳、程十发、刘旦宅风韵，顿觉画家写字，线条之美凌空而降，似乎与生俱来，为一般书者所难及。更觉书画一旦贯通，就更了得。书画同源，他是把书法当作画来经营的。

画家陈翔说：江宏“近期的草书，得了画意，气势圆转，点画洒脱，一派天真。这，是否预示着他的画，将会有新的飞跃……”

3

江宏每有画集问世，多有赠我。较早的《江宏的画》，之后的《兴高采烈》、《双松平远》、《林泉高致》等等。赏画之余，我对画册中的文字感兴趣。比如一幅《策杖听泉》，他写“画王蒙样式很是痛快，但王蒙高不可攀，尽心竭力，却难免捉襟见肘。”又如一幅《烟波轻帆》，他写：“阔山高树，应是倪云林风范，只因为远山云雾缭绕，就远离了倪云林。其实，不必去和古人比，古今各有各的活法，也各有各的画法。”文字是他心得，也是画的注释，我读来有滋有味。

辛稼轩的《沁园春·灵山齐庵赋》，江宏不知写了多

江宏每有画集问世，多有赠我

少遍，画了多少遍。

“辛幼安《沁园春·灵山齐庵赋》，种种比喻，令人神往，我十数次画这个意境，意在有龙蛇影况的松树，至于叠嶂西驰忽又东的山峦，似谢家子弟，相如门庭，太史公之雄文的群峰，自视无力以笔墨传达，往往从略，然总想俟技高时再有一试，不知今生能圆此愿否？”江宏不断以笔墨传达。在多本画册中我接连读到多幅《稼轩词意图》，江宏说他“画大片的松树，好似练功，屏声息气地不敢有丝毫怠慢。画山崖石块好似开闸泄洪，一任情绪飞湍。”“树木的搭配很有意思，以竖为体，横斜倾欹，高低差参，乱中求整。似乎表达出一些艺术的道理。以前曾畏对群树，如今在此间津津乐道，大过其瘾。”“年轻时读辛弃疾《沁园春·灵山齐庵赋》，叹服其描写山的种种妙喻，用画笔是无论如何也表达不出来的。诗和画的高低于此可见。不得已，退而求其次，一句‘龙蛇影外，风雨声中’令我过足了画松树的瘾。多年来，它已成为我画松的试验田，每有心得，必先通知稼轩。”

十多年里，江宏咬定稼轩之松，孜孜以求，不倦不息，常画常新。

作为诗人，江宏能感悟体会稼轩词中意境。作为画家，他更明白怎样在画中表达稼轩词意。当代中国画家，懂诗词的有几个？有人说江宏“另类”，也许正因为他有诗人情怀。

江宏说：“我对中国古诗词的偏好，几近痴迷。因此画来，自觉得心应手。”他的这种癖好，使他能在画中与王摩诘、辛稼轩、苏东坡、黄山谷、陆放翁等诸多诗词大家对话。苏东坡评王维：“味摩诘之诗，诗中有画；观摩诘之画，画中有诗。”如今套用在江宏这里，这话同样适合。

无可奈何的江宏改不了嗜古，画画总想从古人意境中寻找心得，他不愿“为了迎合差强人意的流行而委屈了令千秋万代仰慕的古”。

2015年夏，江宏主持的《“海上丹青引”新民晚报艺术沙龙七人展》移师嘉定。我在江宏《贾岛诗意》、《东坡诗意》、《山谷诗意》、《徐俯诗意》等画前站立许久，看着画，默诵着“松下问童子，言师采药去。只在此山

江宏《贾岛诗意》图

中，云深不知处”，“小雨藏山客坐久，长江接天帆到迟”等耳熟能详的诗句，像是身临其境。

与早年江宏的画比，同样的诗意，如今的表达更随意更自如更听从他的内心。正如他所说：“挥毫入画时，气壮了，势阔了，意足了，心定了，神闲了，而那力道，一发便不可收拾了”，“突然脱去了‘匠心’，有着没心没肺般的轻松”，“笔墨的意境却是不可同日而语了。”江宏如今以画写诗已“了无腼腆的感觉”，反倒有辛稼轩“恨古人不见吾狂”之意。

江宏的近作已经印证了陈翔说的“新的飞跃”。

江宏的题画诗也不乏佳句。如“青山千里梦，红叶一林诗”(《红叶诗会图》)、“山亭云护白，枫径履粘红”(《枫径云亭图》)，又如“远山拖湿雾，近水送轻波，风景雨后好，清气此地多”(《雨后轻烟图》)……诗画交融，意境深远。

“风流赵魏公，平远写双松，我爱松姿好，频追吴兴踪。”叙尽他画《双松平远》的缘由。“松屋长夏爱重荫，来引茶瓯一散襟”，“长林绕屋万千枝，想见幽人独坐时，草阁春寒新绿裹，半簾疏雨好题诗。”松屋、茶瓯、散襟、幽人、疏雨，又都为我所喜，读之不禁击节称赞。

江宏的父亲江辛眉早年在无锡国学专修学校得王蘧常、钱仲联等名师传授，国学造诣甚高，诗词有韩愈、苏轼、黄庭坚、辛弃疾古风，出语奇颖，格律严谨。江辛眉著有《唐宋诗的管见》、《读韩蠡解》、《诗经中的修辞格举隅》等多种著作。冯其庸曾在《阮堂诗词选》“序”中说：“乃辛眉不生于唐、不生于宋，而生于当世，当世无杜、韩、苏、黄，则其人谁与归乎？”称江辛眉诗词“超超乎当世一流”。

江辛眉的“宏儿”自幼在诗的环境中长大，年轻时在吉林插队，身处逆境，有感而发，步苏东坡韵，酒后写词：“秋寂寂，天际雁行斜。为问江南何所似，料应红了拒霜花，回首又思家。多少事，出处使人嗟。略把乡愁排遣尽，一瓯还品故乡茶，歌啸度年华。”寄给父亲后，父亲略改几字说放在宋人词集中别人辨不出。

在江宏眼中，诗是文学的结晶，文化的顶层，是文人生活中不可或缺的部分。扪心自问，一些自称文人的，包括笔者，懂诗吗？能诗吗？江宏的难得，或许也在这里。江宏说：“苏轼比较王维与吴道子，他喜欢王维。为什么，因为有诗。”

今朝已无苏东坡，江宏的孤独和悲哀也在这里。

4

一瓯还品故乡茶。

因为孤独悲哀，江宏喜酒中微酣，也喜寒窗烹茶与友互诉心迹。

乙未正月初六，江宏夫妇来。方琦说她和江宏有徽茶情结，最近迷上松萝茶，她没喝过，但听说郑板桥最喜此茶。问我知道吗？我说：“休宁松萝山的历史名茶。明代袁宏道称‘近日徽有送松萝茶者，味在龙井之上……’”她说：“对对，你有这茶吗？”我说有。方琦兴奋了：“找找看，我想这茶快想出毛病来了。”我打开储茶冰柜，居然未见松萝。

他们走后，我再找，见有一包上标“松萝山”牌，制茶公司也写“松萝”，但包装袋上茶名却是屯绿。松萝茶是卷曲的，屯绿是直条的。为验明正身，我开包取样，见此茶正是卷曲的松萝，即告江宏夫妇。

江宏夫妇得知，兴奋得要请我吃饭。几天后我送茶去，方琦大赞松萝，对江宏开玩笑说，如果她走在江宏前面，只要江宏用一杯松萝茶祭她。

那天她还说在网上搜索到咸丰年间，徽州江氏贩茶入粤，就曾作《徽州至广州路程》札记一册，详记旅途所经的五百五十余处城镇村庄的风情。“江宏祖先即皖人，江氏未准与江宏有关。”我说：“历时三月，从徽州至广州。找到这本书，我倒真想走一遍。”江宏也跃跃欲试：“新茶上市季节，我们一路寻茶去。”

我一直在等江宏一路去寻茶的呼唤，岂料杳无信息。

也许他忙，我便自行去阳羡、金陵、皖南、闽东……岂料我刚踏进福鼎白茶之乡，传来方琦仙逝的噩耗。“老妻谢世，不胜哀怨。”江宏在微信中泣告诸友。

如晴天霹雳，我难以置信。

江宏和方琦，说来也是青梅竹马。方琦曾向我说过一个细节，少年时她喜欢看书，知道江宏家有藏书，便寻上门去。调皮的江宏用竹竿挑起一只臭袜子，开玩笑说，要借书可以，但必须从竹竿下钻过去。再以后，江宏去吉林插队，在宣城插队的方琦被调到乡村小学教书，得知学校还需一名教师，便动员江宏来皖南。来皖南教书可以脱离苦力，两人因此也可以更加接近。方琦器重的是江宏的才情。

江宏夫妇离开宣城回上海许多年了，他们与当年教过的学生仍常有来往，学生们一直惦记他们。在方琦的遗体告别仪式上，江宏含泪对我说，那些学生还不知道他们的老师已经不在了。

百年俱是可怜人，江宏自此更孤独。

断七以后，江宏来嘉定走动，我以一壶松萝茶款待。我说我梦见过方琦。江宏喝着茶，不由一阵唏嘘。

方琦逝世百日，江宏在朋友圈发微信："亡妻方琦百日祭思念无尽。"我想，他祭方琦的一定是杯松萝茶。

陈鹏举说："能够悲哀的人，他的快乐同样彻底。这

江宏有斋名“恢恢堂”

就是江宏，一个真正意义上的中国画家，怀揣的是悲凉的心，快乐地收拾着他梦中的好山水。”

江宏想修改补充乙丑年画的《石壁松云佳趣之图》，我想他一定感觉到这画还可以更接近他梦中的好山水。

江宏有号“恢翁”，有斋名“恢恢堂”。有朋友不解“恢”为何意，江宏答：“心似纸灰，心似纸灰……”

江宏心灰什么？

在我相识的画家中，我几乎未见比江宏更通中国绘画史和美术理论的，然而他在与学生邵琦的对话中却愤慨：“现在的人羞于读理论，实际是无知。有文化有什么不好？懂画有什么不好？”追溯到前朝，王维、郭熙、董其昌这些大画家不都同时也是大理论家吗？一个优秀的中国画家，除了能画，还得有好书法，懂唐诗宋词，能题诗赋文。江宏具备了，而别人不都具备，于是说那葡萄是酸的。江宏的心灰也许在这里。

“还有多少人能静下心来欣赏纯粹的山水画呢？更能有多少人能真正读懂画家的心语呢？”江宏灰心悲观。他担忧“古文字已经进研究所了，中国画或许比古诗词更早地要进研究所”。

“悲观是一种境界，明知不可为而为之，明知难为平庸的世界所认可，偏偏朝这个方向一路走去，这就是悲观的预判。”“悲剧也无妨，虽不抱希望，但要有精神。明知山水画的明天如何，也要把我心中的山水画好，这就是悲剧精神。”“生活的意义不只是活着，人人都明白生命会有终结的一天，却人人都顽强地活着。”江宏这么说。

我不知道他是不是堂吉诃德般的困兽犹斗？

取走了那幅《石壁松云佳趣之图》，我家客厅那堵墙有空白，江宏因此送来他的新作《归帆图》。

远山、古树、秋叶、水波、礁石、一挂孤帆……

陈子昂有诗“古木生云际，归帆出雾中”。望着江宏的笔墨，我感慨一千多年前的陈子昂“雾中”两字用得真好。天地迷迷蒙蒙，雾霾密密重重，世人浑浑沌沌。孤帆在雾中。

孤帆。归帆。归帆高高挂起，船体吃水有点深，船的承载有点沉重。

唐诗宋词、中国书法、文人画，乃至久远的茶文化……嗜古的江宏想带回的太多。

江宏新作《归帆图》

美丽依旧

殷慧芬（1949—　）

当我们都到了那不年轻的时候，但愿心中，美丽依旧……

——当代歌曲《美丽依旧》

1

我至今仍无法忘却第一眼见到殷慧芬的情景。那是1968年的初秋，我们听说厂里又从上海市区招了几十个初、高中毕业生，于是都涌到了厂门口，看他们一个个从巨龙车里鱼贯而下。那时我看到了她，瘦瘦高高的，很苗条，很轻盈，穿一件淡色的长袖衬衣，一条很素馨的缀着小花的裙子，很脱俗的样子，像一朵飘逸的云。我的眼睛突然一亮，又觉得似乎在什么地方看到过她。

我比他们早三年从市区被分配到这家工厂。1965 年之前，这家厂叫“嘉定农机厂”，归县里管。1965 年，上海第一齿轮厂在延安西路番禺路的弄堂里无法再扩展，便迁至嘉定，与嘉定农机厂合并。厂里一半是嘉定当地人，语言中夹着十分浓重的嘉定土音。我们的到来给厂里带来了青春和文化，而现在又见一批朝气蓬勃的师弟师妹加盟，欣喜之情难以自抑。

凑巧的是，殷慧芬又恰恰被分配到我所在的车间。我们那时都住宿舍，一星期回市区一次。殷慧芬学的是钳工，跟着师傅两班倒。每逢做中班，晚饭后我总会情不自禁地去车间转悠。怕人说闲话，所有的中班工人我都挨个地跟他聊上几句，最后就粘在殷慧芬那儿了，常常在一旁帮她递递工具，一聊就是两三个小时。我们

恋爱时与殷慧芬在上海虹口公园

恋爱时为殷慧芬
在浏河海边拍的照片

结婚之后，那些师兄妹见到我还说："你那时门槛很精，你的目标早就锁定了，却要装模作样地先跟我们谈天说地！"

逢到殷慧芬日班，下班后我们常常凑一伙人，去当地的老师傅家吃烘山芋、炒蚕豆、草头饼，看着殷慧芬狼吞虎咽美滋滋的样子，我心里也美滋滋的。

再后来，逢到星期天，我们也不回市区了，有时骑车去果园买新鲜的梨啊桃啊，有时天不亮去浏河海边，看太阳从海面上冉冉升起……自行车的铃声伴着我们青春的笑声在乡间的田埂上一路洒过。

2

我与殷慧芬有着太多的相似之处，她有姐弟七人，我兄妹也是七个。

殷慧芬从小是个读书的料。要上小学了，爸妈让她报虹口区最好的“一中心”。“一中心”要面试。爸妈事先教她，叫什么，几岁，住在哪里等等。她记住了。面试时，老师问她叫什么？老师说的是普通话，她听不懂，“啊”了一声。老师问她几岁，她还是听不懂，又“啊”一声，第三次问她问题，她还是“啊？啊？”老师挥挥手，叫她回去，未被“一中心”录取。

之后，她只得委屈地在民办的鸭绿江路小学读书，全校就一个班级，一个老师。语文算术都是他教。下课了，没人敲铃，老师自己走到教室门口，拉了拉铃，铃响了，算下课了。学校没有操场，体育课在天井里上，几个小朋友围成一圈，脚勾脚跳几下，就算上过体育课了。

三年级的时候，鸭绿江路小学并入峨嵋路一小，在三角地小菜场楼上。班级多了，老师也多了。教语文的老师，长得很富态，胖胖的，待殷慧芬很好，常请殷慧芬到她家里去白相。她家在四川路五金交电商店楼上，很大，老公是个小开，还有小老婆。小老婆平时住在别地方，星期天才到四川路来，瘦瘦的，很苗条。殷慧芬现在仍很奇怪，大小老婆居然“和平共处”，关系很好。那个小开，现在讲起来就是上海老克勒，那时候就有一台照相机，殷慧芬她们四年级时候在外滩公园那张照片，就是他拍的。殷慧芬现在想起来，拍照的时候语文老师有点告别的意味，时隔不久，她就去了香港。

教算术的是个右派。有一学期，不知什么原因没来上课，临时叫了一个代课老师，很年轻。每次上课，他大半节课讲故事，比如真假胡彪，让一匹马去辨认。他不按小说中写的讲，按苏州评弹中说书先生的版本讲，同学们没听过，很扎劲，觉得这个老师好。留下小半节课，他稍微讲讲课本，然后布置作业题。每天这样。

殷慧芬的小姐姐慧琴也在这所学校读书，比她高

殷慧芬四年级时候在外滩公园

一级。学校里教室不够，学生仔一般只上半天课。姐妹俩一个上半天，一个下半天。有时也会调课，两姐妹都在上半天上课。教室之间只隔一堵薄墙，调皮的学生在墙上钻一个小洞，从这个小洞可以看见隔壁教室在做什么？有一次，殷慧芬也透过墙上小洞张望隔壁教室，巧得很，隔壁靠墙坐的正是她小姐姐。她写了一张纸条从墙洞里塞过去。写什么，她忘了，反正是“骂”她小姐姐的。

殷慧芬自小痴迷文字，开学时，哥哥姐姐的新课本发下来了，她一本本全部都要从头读一遍，历史、地理甚至生理卫生，一本不错过。阿爸晚上吃老酒，差她到小店去买一包油氽豆瓣。豆瓣吃完了，那张包豆瓣的纸她舍不得丢，从头到尾要看完。她家二楼住着一个在海关坐写字楼的杨先生，经常撑一根司的克，咬咬烟斗。杨先生有个女儿与殷慧芬同岁，他叫自己女儿“阿拉杨小姐”，叫殷慧芬就直呼“阿芬”了。杨先生订了份《新民晚报》，邮递员送报原先放在楼下信箱里，殷慧芬近水楼台，在杨先生取报之前先要从头到尾看一遍。有一天被杨先生发现了，心想楼下这个阿芬介喜欢看书看报，将来不得了，得防着点。此后他叫邮递员把夜报送到门对面裁缝老王那里。每天，老王见杨先生下班了，就会叫一声：“杨先生，夜报来了。”杨先生就会从二楼探出头来，再从窗口放下一只竹篮，让老王把夜报放在篮里，再吊上去。殷慧芬此后再也读不到老杨家订的夜报。这段经历让殷慧芬刻骨铭心，成年后她为这事专门写过一篇小说《楼上楼下》。

殷慧芬的大哥大姐早早出远门，当兵的当兵，上军校的上军校的，家务活小姐姐慧琴做得最多。每天，别人功课做完了，她还在灯下做作业。算术做不出，倒过来问殷慧芬。三年级的殷慧芬拿过四年级的算术课本，看一看例题，就把她小姐姐的题目解答出来。命运令人不可捉摸，当年做不出算术的小姐姐在单位提早退休后，受聘在一家规模不小的民营企业担任会计，整天与数字打交道，快七十岁了，我们都说你该息息了，她说老板怎么也不放她，对她说："你有什么要求尽管说！"嘿，还蛮牛的。

而从小只知道读书，父母也说"阿芬书读得好，总要让她读下去的。"命运却让她在 1966 年夏天初中毕业，再无读书机会。

有意思的是殷慧芬进厂当徒工，上班第一天，师傅看她这么个瘦弱小姑娘在机器上一天几十次地将直径六七十公分的飞轮齿圈搬上搬下，用当地土话问她："侬阿夯得动？”她又听不懂：“啊？”师傅连问三遍，她连着反问三个“啊？”气得师傅别转头就走，再也不答理她。

3

小时候，殷慧芬节俭的父亲常常在她夜间看书的时候，把灯关掉。她只能趴在阁楼里，借着对面老虎灶折射过来的些微灯光阅读。她的眼睛在那时就受到了损伤。我想起自己小时候也常常在桥头路灯下夜读的情景，不由对同一车间的殷慧芬更是怜爱有加。

书是我们交往的纽带，书成了我们谈论的主要话题。后来许多媒体说书是我和殷慧芬婚姻的“媒娘”，也不过分。在那些灰暗的日子里，许多中外名著都遭封杀，而我恰恰能从我的一位中学老师那里借到那些名著。殷慧芬捧着我借来的《约翰·克里斯朵夫》、《复活》、《高老头》、《父与子》，如饥似渴，如获至宝。尤其是那本吕荧翻译的《欧根·奥涅金》，她更是用了一本厚厚的硬面笔记本

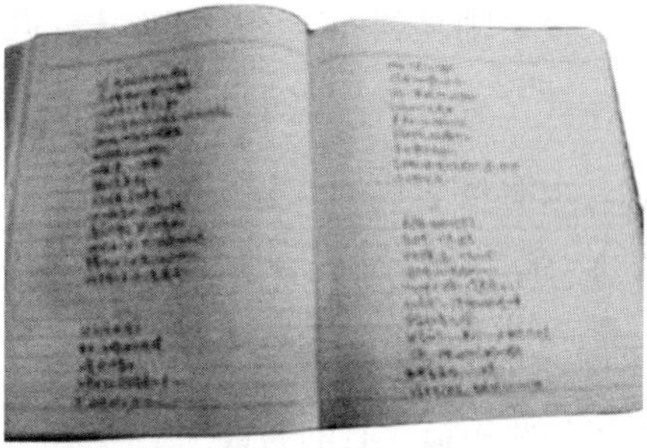

殷慧芬手抄本普希金名著《欧根·奥涅金》

一字一行地全部抄录。这本手抄本的普希金名著，我们至今珍藏着。这是我们爱情的见证。

她的文字才能，在那个年代就已经有所显露。我后来被调到厂里去编厂报。她是车间通讯员。我每编完一期厂报，办公室的打字员总要说："我发现了，这么大的厂里，只有一个人的来稿，你是可以不改的。"这个人就是殷慧芬。即使是通讯稿，在殷慧芬的笔下，也透溢着几分文采。

我们做着文学的梦。不管人生道路如何坎坷，文学是我们心中永远的神圣殿堂。

上个世纪七十年代初，我的一个短篇小说《拉幕的人》在《文汇报》刚复刊不久的副刊发表，几乎整整一版。在那个年代，有这么一篇小说，歌颂平凡，有浓浓的生活气息，没有概念化的说教，确实让人有种清新之感。我至今难忘徐开垒老师对这篇小说的指导。

《拉幕的人》拉开了我的文学创作的帷幕。此后，我又相继发表了一些短篇，有的还被《中国文学》英文版、法文版向国外推介。我一下子让人瞩目起来，成了电影厂、出版社、刊物编辑、广大读者追逐的对象。我没有意识到，我的厄运的种子也在这时开始播下。

我的遭遇让清纯的殷慧芬跟着受牵累。全厂批判大会上，我在台上挨批，她在台下“受教育”。那些批判者虽然慷慨激昂、声嘶力竭，但那些内容却很无知、愚昧，中外名著在他们的嘴里都成了大毒草，殷慧芬忍俊不住笑出声来。于是这笑便成了她的“罪孽”。说她“蔑视革命群众”，“态度嚣张”，“与楼耀福是一丘之貉”……在车间里接受“帮助”。在我被宣布停发工资的第二天，殷慧芬特地起了个大早，在市场里买了一只老母鸡，褪毛、开膛、先切……她忙了整整一个清晨，然后精心烹制了红烧鸡块，午饭的时候，在大食堂，众目睽睽之下，小夫妇便吃得有滋有味。

我明白殷慧芬，我对她满怀感谢之情。“问世间，情是何物？直教生死相许。”元好问的这首《摸鱼儿》为天下的有情人写下了最精辟的注脚。夫妻，不仅仅是花前月下的卿卿我我，更是患难时刻的互相搀扶，相濡以沫。

谁想到殷慧芬的这一行为又触犯了天条，被说成是对革命群众的“挑衅”和“示威”，罪加一等……

我被打发在最累最脏的翻砂车间劳动改造似地卖着苦力，不能有半点懈怠。我上班要比别人早，于是不管刮风下雨、酷暑寒冬，我都要早早地蹬着“老坦克”往厂里赶。“老坦克”的后座，是殷慧芬和她怀抱着的才两岁的孩子。

孩子念小学了，我糟糕的处境仍无丝毫变化。当时，厂里职工吃午饭的时间只有半个小时，我常常马马虎虎地吃几口，随便买两只馒头，骑车飞快回家，热一下早上准备好的菜汤，写一张让孩子看得见的字条：“馒头在锅里，汤热好了，爸爸不等你了。”又匆匆地充军似地直奔车间。晚上，我们问孩子：“中午吃饱了吗？汤热吗？”孩子总是回答吃饱了，汤很好喝。直至有一个星期日，我发现楼下花坛里被儿子扔掉的馒头。“儿子啊儿子，你怎么可以这样？”我欲哭无泪。儿子可能是吃厌了这日复一日的淡馒头和菜汤。我记得，当我把满满一塑料袋的馒头捡回来，扔在儿子面前的时候，殷慧芬的两眼通红通红。

我恨命运，为什么命运让我正值最好年华之际蒙受如此凌辱！我更恨自己，为什么我不能让我最爱的人幸福！我曾经想，殷慧芬如果不跟着我，正当花样年华的她一定是一片锦绣天地。

冰消雪融总有时。上世纪八十年代初，上海的文学刊物相继复刊，全国各地的文学期刊如同雨后春笋，竞相争妍。我的一些文学朋友又陆续来找我写稿。我那寂寞、冷清的陋室又开始喧闹。我的一间七八平方米的小书房成了日后颇为兴旺的“嘉定小说沙龙”的主要活动场所。

一天，刚复刊不久的《萌芽》杂志编辑来嘉定。殷慧芬炒了几个小菜，留他们在家里用餐。席间，她讲述了她哥哥的恋爱故事和厂里一个技术员的感情经历。我那个编辑朋友听了眼睛突然亮起来，连声说："好，好！殷慧芬，你把它写下来。就这么写。肯定比楼耀福写的要精彩！"殷慧芬就写了，那就是后来发表在《飞天》杂志上的《旅伴》和《海燕》杂志上的《极乐鸟》。

殷慧芬一发而不可收。她的女性柔婉细腻的感情诉说使许多文学期刊的编辑刮目相看。《小说家》的谢大光、闻树国，《小说》的李硕儒、傅小北，《青年文学》的牛志强，《广州文艺》的柳嘉、陈茹、吴幼坚，《萌芽》的曹阳、孙文昌，《花溪》的彭钟岷，《海燕》的王桂芝、王晓峰……许许多多原本并不相识的编辑，后来都成了我们的朋友。

我们家的那张小书桌从那时起体现了它的价值。常常是她在晚饭以后笔耕至半夜，而我则在凌晨三点起床，伏案至早晨去工厂上班。有时候，儿子在小饭桌上做功课，而她只能在饭桌的另一端爬格子。

因为文学，我们曾经蒙受苦难。但我们对文学的虔诚却一直痴心不变。

4

1985 年 7 月 23 日,《解放日报》读书版的“破壁者列传”专栏刊登了张文中写的《“格子”里的苦与乐——访殷慧芬》。“破壁者列传”是专为那些年上海文学界新冒出来的青年理论尖子开的专栏。千把字的一篇专访,配一张照片和百把字的简历,而且全都排在这一版的头条。这种规格在当时上海的报刊中也属少见。张文中撰写的人物全是一流高手,吴亮、程德培、陈思和、毛时安……张文中写的十一篇文章,只有一篇写了一位非理论家的殷慧芬。

1988 年,曾经发表殷慧芬处女作的《花溪》杂志,决定在 1989 年第 1 期编发“殷慧芬楼耀福小辑”,除发一篇新作外,还登一篇评论和一篇人物印象。这篇人物印象,我们仍请张文中写。

时隔三年,张文中得知我们发表的作品从二十多万字跃升到一百多万字,他大吃一惊。“你们怎么像轰炸机一样，到处都有你们的作品？”“你们白天上班，下班回家还有一大堆家务，哪来的时间和精力？”

我们回答他，家里的两盏台灯，常常要亮到第二天凌晨。几年如一日，一百多万字，就这样在灯下一个字一个字地抠出来。

张文中说我们是在玩命。

我记得，我当时还给他看了一封信，那是殷慧芬上海作协“青创会”在浙江宁海笔会时写给我的——

……晚饭后，去水库散步。回到房间我想写稿子。十点左右，朋友来了，聊了好长时间，他走的时候，已是十一点多了。同房间的都睡了，我一个人开通宵，吃了两个冷馒头。坚持到四点钟，人开始发冷，还有六张稿纸，就这样，看看桌上手表，写着，右手一根筋很酸，一直酸到肩后，捏捏它，好点。到五点三刻，终于完成，去洗温泉浴，想舒舒服服睡一觉，仍然睡不着，到七点三刻，同房间的从餐厅回来，问我爬山去吗？想想总归睡不着，索性去爬山吧，彻底掼倒算数……

这封信是殷慧芬对自己写作状态的真实刻画。在漫漫的文学之路的跋涉中，殷慧芬的许多夜晚就是这样一个一个地捱过来的。

儿子还在念初一的时候，写过一篇作文《我的妈妈》。他说妈妈的许多作品，是用她头发中的黑色素酿成的墨汁，一个字一个字写出来的。儿子最了解母亲。小学四年级，儿子就在《故事大王》上发表习作；初二时

殷慧芬在工厂采访

在全市初三年级作文竞赛获二等奖；大三时在上海电视台实习，跟随海外部的资深编导宋继昌去罗布泊拍摄纪录片，回沪后为《文汇报》写了整整一版——《为于纯顺树碑》。朋友们都说，他可以继承父母的文学基因当作家。现在在跨国公司从事IT设计的儿子，那时说什么也不愿意再走文学之路。他说，他太了解父母因为文学而经历的艰辛了。

殷慧芬在工厂目睹过死亡、美的毁灭、青春的自戕。她把自己最好的年华给了工厂。她看到有一些小说，把工厂的工人写得很粗俗，她感到刺痛，仿佛是有人羞辱了她，或是羞辱了她的家人。子夜时分，她恍惚会听到工厂姐妹对她的呼唤，她还隐约看见她死去的朋友飘忽的倩影，她们忧伤而不失希望，懦弱却仍在抗争，历经坎坷却又生气盎然……她们撞击着殷慧芬正义的灵魂。她终于明白她别无选择，她把文学的笔触勇敢地伸向了工厂——她精神深处永远的家园、纷繁人生的永恒背景。她的文思喷涌而出，于是有了震动文坛的一篇篇力作——《厂医梅芳》、《欲望的舞蹈》、《迷巷》、《梦中锦帆》、《早晨的陷阱》、《纪念》等等。

这些小说后来被评论界誉为“工厂小说创作的新的里程碑”，“不可小视的突破”。茹志鹃老师对她更是呵护有加，“你那个工厂啊，千万不能放，那里有你自己的东西。有些人写的是工，你写的是人，你要坚持。”殷慧芬意识到她掘到的是一口深井，意识到数十年的工厂生活在她生命中的重要意义。

殷慧芬努力地走着。直到这时，她看见了亮光，安

1993年，王安忆、王小鹰、陆星儿在殷慧芬小说讨论会上

静的、温和的、有些神奇的亮光。

她的身边不再只有楼耀福。她不再孤独。

5

1999年，殷慧芬的长篇小说《汽车城》问世。

《汽车城》以其凝重的历史感和作家对城市精神的沉重思考、对生活的独特深刻理解，生动地、艺术地表现了上海当代文明进程中，众多个性生命举步维艰的努力，给读者以强烈的感情冲击。国内外五十多家著名报刊竞相评论，为殷慧芬喝彩。《汽车城》被誉为“上海文学创作的一个重大收获”，屡屡获得全国和上海的各种重要奖项，中央电视台、上海电影制片厂等许多影视机构竞相要求获得影视的改编权。殷慧芬也因为《汽车城》而大跨度地实现了艺术风格的突破和转换。

《汽车城》出版的时候，殷慧芬正躺在医院的病榻上。为了这部小说，她四次住院，受尽了煎熬。王安忆到医院来探望她时，她刚动过眼球充气手术，医生要求她整天趴在床上，让气体托起视网膜。王安忆目睹她痛苦万状的情景，动情地说：“我一路走来，看到大街小巷都是你的笑容，谁知道你却在这里受着折磨！”最先刊登《汽车城》的那期《小说界》在封面上刊登了殷慧芬笑容灿烂的大幅照片。街头的书报亭都在醒目的部位陈列着这本文学期刊。

我在病房里昼夜守护着她。回忆着她创作这部小说的一幕幕情景，我常常悄悄地背着她抹泪。

殷慧芬在上海汽车行业工作生活了整整三十多年。为写这部小说，她一直跟踪采访上海大众汽车制造公司。她为上海大众写过许多篇报告文学乃至劳动模范的先进事迹、工会工作的总结等等，交了许多朋友，从高级管理层到普通工人。1997 年，中国作协安排她与王蒙、陆文夫、徐光耀等一批著名作家在北戴河疗养。期间她又偷偷跑到北京，在《人民日报》高级记者林钢的陪同下，深入采访中国汽车界的高层人物。为了抢时间，她常常赶场子似地一天要走四五个地方，甚至顾不上吃午饭。支撑着她的只是一杯西洋参泡茶。

为了深入地表现细节，殷慧芬找来了一大摞有关资料，从国际汽车工业的背景到汽车企业的大事记，从世界汽车巨子的传记到枯燥乏味的质量体系、生产方式等很专业的著作。她强迫自己阅读，一边还做着详尽的笔记。一部《汽车城》完成，她做的采访笔记和阅读笔记竟有十五六册厚厚的硬面日记本。《中国汽车报》五年的合订本，她都一页页、一张张仔细阅读。她长期趴在地板上读那些大开本的报纸，原有的颈椎病日益加剧。她苦不堪言，却从不放弃对中国汽车工业发展的大背景的了解。

我曾经劝她，写《汽车城》你可以选一个较小的切入口，讲你熟悉的工厂姐妹及其情感纠葛，故事的背景可以置放在汽车企业。让一个弱女子，从正面切入抒写中国汽车工业五十年波澜壮阔的史诗般的画卷，我深感“残忍”。

但殷慧芬不以为然。整整一年，殷慧芬在电脑屏幕前，从上午坐到半夜，乃至第二天凌晨。常常是我一觉醒来，见她仍在击打键盘，便好言相劝，希望她早早休息。沉浸在小说人物中的她却并不领情。有时候，我不经意地走进她正在写作的房间，脚步声也会使她莫名地烦躁而发脾气。尤其到了创作的后期，我察觉她竟有点像凡高那样的神经质。她太投入了。

长期盯视着电脑显示屏，与小说人物融为一体的殷慧芬一点都没有意识到，她的一只眼睛已出现了可怕的病变。

小说完稿了，我是第一个读者。我一页一页地阅读着，心被一次一次地打动。殷慧芬一直很信赖我对文学作品评判的眼力，因此她一直注意我阅读时的表情。我读完了。她问："怎么样？"

我说："很好。"

"真的很好？"

"真的很好。比我原先预计的还要好。"

这时她忍不住哭了。她憋着的许多的情感泄洪般地狂泻。她欣喜地奔过来，抱着我，亲了又亲。我知道，她无法自抑。

殷慧芬确实让我刮目相看。在小说中，她在表现众多的人物个体命运的同时抒写了中国汽车工业的命运，工业题材的枯燥和所谓“主旋律”作品的概念化程式化在《汽车城》中荡然无存。难怪她的好朋友、小说家唐颖在一次《汽车城》的研讨会上激动地说：“这才是真正意义上的主旋律作品！”

让我尤感惊喜的是，《汽车城》除了小说表现方式等方面的成功之外，它还展示了殷慧芬的许多全新的思想和文化的理念。

《汽车城》为殷慧芬赢得了许多荣誉

殷慧芬不再是 1968 年我第一次见到她时的一个蹦蹦跳跳的小姑娘，也不再是 1982 年刚踏上文坛时的一位文学青年。她已经是当代中国一个有思想有个性的作家。她是我的骄傲。

《汽车城》为殷慧芬赢得了许多荣誉。荣誉的背后，是她永远无法补偿的付出。小说完稿以后，殷慧芬回忆起写作时常常在她眼前飞过的一团团黑影。她想到了自己的眼睛。她用手捂住左眼，她哭了，原来她的右眼几乎什么都看不清了。

6

殷慧芬在她的一本小说集《欲望的舞蹈》的后记中写道：

> 直至今天，我依旧认为文学是贵族的。我因此在各种庄严神圣的讲坛上保持沉默。
>
> 我觉着我与这一切距离遥远。在种种尽善尽美

的场景和微笑里，我常常会觉着自己走错了门。我默不作声地穿梭在优雅的人群中，我内心深处的孤独把我装饰成一个疲惫的漫游者。

漫游在文字和想象的世界里。

这也许是殷慧芬最真实的写照。

1999年9月21日下午，上海市作家协会、上海文艺出版社在嘉定召开“长篇小说《汽车城》研讨会”，经过

殷慧芬小说《汽车城》研讨会

治疗刚出医院的殷慧芬戴着墨镜参加了会议。在听了徐中玉、徐俊西等著名评论家、作家的许多赞美之辞之后，殷慧芬动情地说："有很多人问我写这部小说，把一只眼睛搞坏了，是不是值得？这个问题很难回答，很多事是不可预知的；就像作家写作，很难预知笔下人物的最后命运，是在摸索的过程中跟着人物一起走的。虽然我的右眼视力损伤了，但我的心灵还是充满激情的，当我的身体恢复到一定程度，我一定会继续写作。"

果然，此后不久她又拿起了笔。这一回她写的是以上海石库门为背景的长篇小说。

纵览殷慧芬的小说创作，以上海石库门为背景的题材占据了其中相当的比重。如果说石库门是一幢建筑，殷慧芬就是与这幢建筑中的纸筋石灰绞合在一起的一块砖，而不是装潢这幢建筑时置放的一件摆设；如果说石库门是棵树，殷慧芬就是长在树上的一片叶，而不是从外飞来栖落在树上的一只鸟；如果说石库门是一条河，殷慧芬就是其中的一滴水，而不是在河面上行驶的一叶小舟，更不是在一旁观看潮起潮落的过客。殷慧芬与石库门的这种血肉相连的关系，决定了她的石库门的小说不表面化，不高高在上居高临下。

1993年，殷慧芬出版了她的第一本小说集《欲望的舞蹈》，序是由茹志鹃老师写的。王安忆读后曾对殷慧芬说，“妈妈年纪大了，这个序蛮好由我来写。”王安忆后来果然写了一篇近万字的读后感——《告别青春的回忆》（《上海文学》1994年7月）。王安忆在文中提到了殷慧芬1987年写的中篇小说《仇澜》，王安忆说：“我所以要特别提到《仇澜》，是要说明殷慧芬世界观中的沉重的情感基础，这使她笔下的人物和故事脱去女作家们常有的悲秋悯日的甜腻的伤感，而具有‘悲哀’这一人生大感觉内涵。”“殷慧芬在我们这个城市的深处……所领略的人生损失，却有着逻辑严密，情节切实，痛彻心肺的过程。面对这过程，什么样的吟叹都无法淡释、含糊与慰解。”王安忆文中所说的“城市的深处”，在殷慧芬的人生与作品中就是她的永远无法释怀的石库门。

《仇澜》是殷慧芬最早涉笔石库门生活的小说之一，之后以石库门为背景的中短篇小说更是源源不断，《屋檐下的河流》、《吉庆里》等一经问世，《小说月报》等选刊便竞相转载，有的获得上海长中篇小说优秀作品奖，有的被高等院校列为外国留学生学习中文了解上海的读本。所有的这些小说，有些人物原型是她的左邻右舍，有的更是直接来自她的亲人。这些上海石库门里底层平民的人生挣扎及其挣扎的失败，满含着殷慧芬对人生、人性深邃的思考。

殷慧芬说：“我是上海石库门的孩子，20 多年后我结婚离开了石库门老屋，但是每每走过弄堂，看见相似的石库门老屋，我会不由自主地驻步凝望，我知道在那甬道的尽头是光线暗淡的厨房，还知道顺着那幽暗的弯弯曲曲的木楼梯走，在亭子间门前，有一个小小的平台，我恍惚看见我和兄弟姐妹们在那里奔跑的小小身影，还有母亲大声的呵斥，我深深地感动。于是我知道了我的魂，我的心灵都是石库门的。我不可抑制地关注和眷恋着石库门老屋里的人生，它的文化，关注着屋檐下那些世俗而亲切的日子。”写完《屋檐下的河流》，她说：“假如有人问我上海是一个什么样的城市？这篇小说就是我的回答。”

殷慧芬写过的工厂小说中，里面的人物也与石库门密切相关。在她的代表作《汽车城》中，不少篇幅的背景也是石库门。写完《汽车城》后，她说：“我不可抑制地关注和眷恋着上海石库门里的人生和文化，关注着屋檐下那些世俗而亲切的日子。当我在电脑前为长篇小说《汽车城》苦思冥想的时候，我不由自主最先描绘的，正

殷慧芬重回小时候居住过的石库门里弄

是石库门里的市民生活，它们成为《汽车城》这部小说最早的历史背景和城市底蕴。”

著名文学评论家陈骏涛也十分喜欢殷慧芬的石库门小说，“殷慧芬创造了一个石库门世界，就其作品融入上海市民社会，并将市民社会的各色人物，尤其是女性人物的情感命运艺术地呈现于世方面，她的文学成就应该是可以与王安忆、程乃珊等女作家相匹配的。”“她坦言：她自己就来自底层，出生在石库门老街一个很平常的上海市民家庭，自己也做过工人，‘我对这个阶层的人很熟悉也很同情，现在我自己的生活要比他们好，但我的感情天平始终是倾向他们的，这里有我的亲人，也有我的朋友，我觉得没有这样的感情，也就不会有我的小说。’这些话很朴素也很实在，是理解殷慧芬石库门小说的一把钥匙。”“作为具有浓郁的上海地域文化风情特色的殷慧芬的石库门小说，……无论是从阅读欣赏的角度，还是从研究批评的角度，这些作品都是很有价值的。”陈骏涛“甚至觉得，像《屋檐下的河流》、《吉庆里》这样的作品，是可以传世的，如果后世人不知道什么是老上海的石库门的话，让他们看看殷慧芬的这几篇小说，就会有一个形象而具体的了解的。”

石库门，无论在生活中，还是在作品中，殷慧芬都无法割舍。她是石库门的女儿，而石库门是她灵魂的归宿。只可惜她的这部以石库门生活为背景的长篇小说还未完稿，2004 年，她原先还算健康的左眼由于疲惫和用眼过度，又患上了严重眼疾，视力急剧下降，之后就无法正常阅读和写作。

7

望着家里她所钟爱的满墙的藏书、报刊、数以千计的国内外优秀电影光碟以及储存着大量信息的电脑，现在她都无法享用，我不止一次地为她黯然神伤。我只有祈祷上苍让她早日康复。她受了太多的苦。年轻时，是因为我而受苦；之后，又因为文学而受苦！

她是文学的苦行僧。

也许你会问殷慧芬为了什么？如果你以为她是为了

荣誉或是什么文学上的成就、事业的辉煌，那你太不了解殷慧芬了。

殷慧芬生性淡泊，栖居在上海市郊一隅，对于名利场上的喧闹，她一直很不以为然。即使她获得辉煌和荣耀之际，她也从不张扬自己。

殷慧芬甘愿受苦累的缘由，只能在她五百多万字的作品中去找。

殷慧芬早期的作品，虽然有着内涵不够深刻的缺点，但她一直是在赞美和歌颂高尚的道德情操，弘扬真、善、美。殷慧芬的中、后期作品，则勇敢地正视现实，表现人性的压抑和扭曲，从人的本性出发，刻画人在精神和肉体上的痛苦，呼唤还人以本来面目。即使是她饱蘸笔墨抒写的史诗般的力作《汽车城》，在刻画一系列悲剧人物时，也可以听见她对人性的呼喊。尽管作品中一些角色对汽车工业的腾飞功不可没，但殷慧芬在鞭挞他们人格分裂、人性扭曲的另一面时，也决不吝惜笔墨。

殷慧芬的人生经历，包括我和她的个人遭遇，使她目睹了太多的对人性、对自尊的摧残和凌辱。她是用笔寄托自己良好的祈愿和对美丽世界的向往，让人类自尊自爱、互尊互爱，让世界充满爱的温暖。

殷慧芬勉强保持了视力，却无法再写作。这对她的痛苦，不容言说。我安慰她："人生不是只有写作，人生的内容还有太多。"

殷慧芬不再写作以后，我们品茗会友，寄情山水，足迹遍及世界各地，活得依然精彩。

殷慧芬有许多并不从事文学创作的朋友。她在她的周边努力营造这种友爱的氛围。她的那些朋友，都亲热地喊她：姐。在官场、商界、基层企业一天的纷繁角逐和疲惫之余，他们常常会不约而同地走到我们家的那间小茶室，寻找一份宁静。他们凭窗眺望河畔的绿色，开心地喝茶聊天，没有欺骗，只有真诚和笑声。小茶室仿佛是一个温馨的港湾。

许多年过去了，我和殷慧芬已步入老年。望着她滋生的白发和皱纹，我依然觉得她美丽依旧。

亮的霞

吴亮（1955—　）

还有无数朝霞，尚未点亮我们天空。

——尼采《朝霞》

1

我送吴亮到嘉定的一家酒店。吴亮说：这个酒店也许是他在上海住的次数最多的了。在市区，他用不着住酒店。离开市区，来得最多的就是这里了。

值得纪念的是，吴亮的第一部长篇小说《朝霞》的许多重要章节都是在这里写的。

吴亮在这家酒店住得多，是因为离我家近，仅一二百米，步行也就几分钟。渴了，来喝茶，饿了，来吃饭，寂寞了，来聊天。吴亮说到我家就像到他姐姐家里，没有压力，还有他在外面喝不到的好茶。

每次来，他放下双肩包，在茶桌前一坐："阿姐，开始上班。"被他唤作"阿姐"的殷慧芬就很开心地过来，烧水烫壶温杯沏茶。

吴亮长篇小说《朝霞》的许多章节是在这里写的

认识吴亮是在上世纪八十年代。那时张文中在《解放日报》上写专栏《破壁者列传》，写过吴亮，也写过殷慧芬。关于张文中，吴亮《夭折的记忆》第 130 页有记，“在七十年代和程德培是同学，共读于黄浦区夜大”，“面孔白净鼻梁上架了副浅框眼镜”，后来去了香港。

我喜欢吴亮文章，睿智、思辨，又不乏尖锐。在书店，凡见吴亮新著，必购。

与吴亮交往频繁，是近几年。

有次他来嘉定，说他在写七十年代。我一听就兴趣浓烈。我长吴亮几岁，算是同辈，都经历过七十年代。

吴亮《我的罗陀斯》等著作

吴亮怎么看那些岁月？我很想知道。

吴亮回家后，把已写的文字通过“伊妹儿”发给我。我一口气读完《不觉恍恍已隔世》、《没有地址的信》、《为了夭折的美好理想》等篇章，连呼痛快。后来他结集《我的罗陀斯》出版，我又较早得到签名本，成为我案头少数几本可以反复阅读的当代作家的文本。

陈丹青评介《我的罗陀斯》：“这部野心勃勃的回忆录，扫描岁月，排查往事，试图将七十年代庞大的国家叙事，转成一个上海少年的私人传记——吴亮可能做到了，纷乱的‘文革’，变为这部传记的密集注脚，其中，每一细节，都用吴亮饱满的中低音宣称：这是他的七十年代。”

吴亮的七十年代，是一代人的七十年代。

从《我的罗陀斯》中，我知道吴亮与我一样在工厂做过工。1971 年，16 岁的吴亮被分配到静安区饮食公司红旗机修厂，那是上海市商业二局所属的一个小厂。16 岁，在今天还不具备领身份证的资格，几乎是个“童工”。而在当时，学校统一分配，做工的初中生都没满 18

岁。而且，用吴亮母亲的话来说，“侬已经蛮好了，到底在上海工矿啊。”是啊，更多的孩子“上山下乡”去了。

吴亮进厂后的第一份工作是挖防空洞。深挖洞广积粮不称霸。这个小厂与上海美术馆毗邻，防空洞的工地就在美术馆的花园里。“草坪树木统统毫不怜惜地被掘开，中间赫然一个两个篮球场那么大的窟窿。”“我们手持铁锹站在大窟窿周围，深秋的阳光有气无力，老工人们说笑话，抽烟，我也跟着磨洋工；一到下雨，大家就躲进美术馆的底层避雨……”吴亮这样描绘当时的情景。江南秋冬雨多，每逢下雨，他就偷偷找个角落，拖一把皮椅，掏出他在工作棉袄里随身携带的小册子阅读。他常看的一本书是《共产党宣言》。

在挖防空洞期间，他结识了忘年交卢坤、陈雁如等文化人。

防空洞竣工后，吴亮由于“表现懒懒散散，不与时俱进，亦不擅世故，疏远支部书记和老师傅，混得不好”，被分配去当泥水匠。

“这是一个非常辛苦的户外工种，”吴亮说起往事记忆犹新，“当时修房子，我在屋顶，师傅在下面，砖头从下面扔上来，我要接住，再传给另一个师傅。这种日脚忘记勿掉。”

我听他讲昔日旧事，怎么也无法将当年像耍杂技一样的镜头与今日口若悬河滔滔不绝雄辩的吴亮联系在一起。他说：有一次，饮食公司下面有家小店烟囱坏了，他一个人踏一辆黄鱼车去修，爬到屋顶，拌好的水泥黄沙纸筋石灰，用泥刀糊上去，落下来，再糊上去，又落下来，一下子糊不牢，落得他浑身上下满头都是纸筋石灰。他从屋顶爬下来，一个人坐在马路边抽烟。他说：“我看看扫马路的、开车子的，所有来来去去的人，日脚都比自己好过。我想，我这一辈子就做这个生活了？”吴亮于心不甘，更加迷醉于读书，他说：“书里像是另外一个世界，我像是在做梦。后来请病假，请一天，我必定像吸毒一样整天读书，请三天，第一天白相，第二第三天必定读书。读书像吸毒，戒勿脱。”

我和他谈得来，除了都有在底层做过苦工的经历之外，还因为在那个年代，都喜欢看书。他在《我的罗陀斯》中写到的事情，比如上课偷偷读《铁道游击队》，在父亲的藏书中发现一本没被抄走的《安娜·卡列尼娜》的那种窃喜的心情，我太熟悉了。“那个年头，谁若手里持一本‘热书’，居然还持有三天，不消说，我们肯定连夜‘吞咽’了它，在余下的两天时间里马不停蹄地，将它作为筹码，与另两个有书的朋友进行交换……”吴亮笔下一些经历我都同样有过。他在书中提到的那些俄罗斯名著，诸如屠格涅夫的《猎人笔记》、车尔尼雪夫斯基的《怎么办》等等，在那个年代我也都偷偷阅读过。

那时，许多中外名著都遭封杀。我与殷慧芬的恋爱，说到底，那些书是真正的“媒人”。我从我的中学老师那里借来的书，悄悄地又借给她，《约翰·克里斯朵夫》、《复活》、《高老头》、《父与子》……她捧着，如饥似渴，如获至宝。那本吕荧翻译的《欧根·奥涅金》，她更是用了一本厚厚的硬面笔记本一字一行地全部抄录。这本手抄本，我们至今珍藏着。

吴亮更胜我一筹的是，他不仅“吞咽”文学名著，而且还嗜读《哲学译丛》，“亢奋不已”于“西方现代哲学”。他读马克思，看到四卷本《马克思恩格斯选集》中没有收入《哲学的贫困》、《德意志意识形态》、《神圣家族》和《评普鲁士最近的书报检查制度》，他“专门去黄陂北路上图二楼阅览室抄深蓝色硬皮精装本《马克思恩格斯全集》第二卷与第三卷”。是什么吸引他？他在寻找什么？也许他现在仍说不清。他那时已在思索：“怀疑一切，那马克思这句话的本身可以怀疑吗？”“无产阶级失去的只是锁链，他们得到的将是整个世界……但是，无产阶级得到世界之后，谁将得到锁链？”

一个如此害怕政治和现实的年轻人，当年就如此沉迷于马克思，沉迷于哲学。

也许从那时起，他那颗前庭饱满硕大脑袋就不断地吸收、批判，决定了他今天思想的深邃。

2

朋友中，来我家喝茶次数最多的，是吴亮。

有年春天，他偶染小恙，低热，来电话说，想在嘉定住两天，养心养身，安静地写些东西。我说欢迎呵，还是安排在那家酒店入住。“写东西觉得吃力了，走几步，到我家来喝茶。”他很满意，几乎每天来，或午后，或夜晚，说在我这里喝茶心情最放松。我平生喜茶，家里储有各类好茶，又恰逢刚从福鼎访茶回来，便以刚采制的白牡丹和陈年老寿眉款待。

听我介绍白茶如何被称“一年茶、三年药、七年宝”，如何“功同犀角”“价同金埒”，如何深受英国皇室

朋友中，来我家喝茶次数最多的，是吴亮

和贵族钟爱，吴亮极感兴趣，让我写下来，“省得我忘记脱，人家问起来我讲不清。”

说来也怪，几杯茶下肚，尤其一壶陈年老寿眉，吴亮竟浑身冒汗，连呼舒服。两天后临走时说身体好了，低热退了。

“三月楼府访寿眉，未知明日君子谁？”回市区后吴亮仍齿龈留香念念不忘，通过手机短信向我大发诗兴，并说5月中旬南京画家汤国有一个画展在上海莫干山路的一家画廊揭幕，画展之后，想与汤国再来嘉定喝茶。

我知道汤国，善画，对古建筑古家具极有研究，获得“联合国教科文组织亚太地区文化遗产保护奖”的北京智珠寺古建筑群即由他主持修缮。我有同喜，当然欢迎大驾光临。

其时，有福建朋友给我寄来武夷山牛栏坑和马头岩的肉桂。吴亮和汤国刚坐下，我就显宝似地说：喝“牛肉”、“马肉”。吴亮不解，牛肉马肉怎么能喝？我说武夷岩茶有水仙、名丛、肉桂、奇种，名丛中有大红袍、铁罗汉等，“牛肉”、“马肉”是牛栏坑、马头岩肉桂的简

吴亮在福鼎寻茶

称。他大笑，又要我用笔写。

我说：茶的学问你就别研究了，留给老哥做，有好茶你只管喝就是。他笑笑，不再坚持，对“牛肉”、“马肉”极为赞赏。“乱读陆羽经，未敢慕闲情。牛马岂朋辈，茶道费脑筋。嘉定迎逋客，送友回金陵。我亦种茶去，相随到福鼎。”他刚回到家，又赋诗赠我。

“昔我往矣‘牛肉’依依，今我来思‘马肉’霏霏。”两天后他又给我发诗句。我回他：“又想‘牛肉’‘马肉’

了？”我说我决定将所剩无多的“牛肉”“马肉”封存，待他在场时再开封。他闻之竟像孩子般激动：“真的？”

后来，吴亮与李天纲、孙甘露、朱大可等在嘉定图书馆开讲座。讲座在下午，他却一早赶来我家喝茶，穿一件新买的蓝灰色短袖衬衫，说是想下午讲座和电视录像时形象更光彩些。谁知一壶“牛肉”下肚，汗流浃背，他怕汗渍有损下午形象，赶紧从双肩包里找出件淡黄色小格子旧衫换上，新衣留在开讲座时再穿。

面对众目睽睽的听众，他讲城市文化，却多次提到在我家里喝茶，他把安居在繁华都市的边远郊城与意气相投的文友品茗看作是一种文化现象。

我看吴亮对茶痴迷，这一年秋天，我与他一起去福鼎寻茶，上嵛山岛采重阳茶，在茶厂看晾茶选茶制茶，圆了他“我亦种茶去，相随到福鼎”的梦。

嘉定距离上海市区不远，轨道交通11号线通了之后，更是便捷。一定的距离感，又可让人感觉嘉定与市区不一样。吴亮有朋友来，就喜欢往我这里带，既可看江南古镇，又可在我这里歇脚喝茶。好在我也喜欢朋友，乐此不疲。除了汤国，吴亮还带来过洪磊、韩冬、陈心懋、申凡、孙良、焦振予、杨剑平、秦一峰、韩峰等艺术家。我家的茶室，是我交际的沙龙，也成了吴亮接待朋友的客厅。久而久之，吴亮的好朋友也成了我的好朋友，比如汤国、洪磊、韩冬。我后来还去过汤国在查济的明代老屋、常州洪磊篱笆墙围着的工作室、韩冬在扬州东关街的清代小院，并为他们分别写过文字。

我也有好朋友介绍给吴亮，比如画家江宏。一日，

我也有好朋友介绍给吴亮，比如画家江宏

两路人马同在我家相遇，于是一起喝茶、吃饭，晚上他俩坐同一辆车回市区。在市区，吴亮与江宏的住处相隔不远，少年时的共同生活环境，让彼此成为好友。江宏大吴亮 6 岁，66 岁的江宏与 60 岁的吴亮所经历的事情也许相差不大，而吴亮小说中写到过去，在同一大环境中，16 岁的江宏肯定要比 10 岁的吴亮知道得更多。

一次，喝酒喝到兴高采烈处，居然一起唱起《少年先锋队队歌》：“我们新中国的儿童，我们新少年的先锋……”

作词的郭沫若和作曲的马思聪以后大相径庭的人生轨迹让两位上海男人感慨良久。

吴亮在嘉定还结识了我另一位朋友、上海申窑掌门人、法兰西勋章获得者罗敬频。罗敬频仰慕吴亮已久，一次，几杯茅台下肚，阿罗居然要拜吴亮为师。吴亮也许第一次碰到，有点猝不及防。阿罗的嬉笑怒骂我领教过，平日也骄傲，许多人并不在他眼里，但他如此诚恳要求拜师倒是初次见识。吴亮此时居然只会笑。他问罗学历，罗说中专。吴亮说我小学都没很好毕业，初中也没读什么书，我怎么教你？你跟我学什么？阿罗说：“不能以学历论英雄。我向你学宏观，学整体审美，不学战术学战略。”我和在场朋友听着，都笑个不停。

吴亮回家后，发给我一段文字，生动描绘朱家角两支烟枪燃烧时的情景：

> 阿罗的烟瘾实在领教我竟然丝毫不抵制地一根接一根阿罗说话又迅疾模拟情状妙趣欢快讽刺挖苦臧否人物，骇然不已欣悦不已朱家角放生桥畔午餐在酒酣饕餮之间不停切换，访友跳跃至拜师诚恳江湖惊异嬉笑远悖于规范之师道传统韩愈师说授业解惑传道谁敢当此重任，不可救药的好奇心才是毕生的老师才是伴随终身的精神狂喜如同昨日今宵的欢宴……

吴亮第二次来嘉定图书馆讲课，是讲马克思。讲座的标题是：《从解释世界到改变世界》。上午，他照例先到我家喝茶。一壶金骏眉，一壶“牛肉”。牛栏坑肉桂未及冲泡，他便捧壶闻香，一脸陶醉状，连呼其香。席间坦言，喝过我们家的茶，他已不在乎别处的茶。

吴亮对茶的感觉好。“牛肉”开饮，吴亮又赞不绝口，称他来嘉定就为这一口。他抽着雪茄说：“武夷山肉桂，与哈瓦那雪茄乃无敌绝配……”又说：“博尔赫斯说天堂应有图书馆。这话没错，不过得加一句：‘天堂还应有牛肉马肉。’”还为寒舍取斋名“云水斋”。云，雪茄烟雾；水，武夷茶汤也。

中午便饭，我掌勺。事前吴亮再三关照简单些，“吃多了会犯困”，影响他下午讲课。我乐得省力，三菜一汤，红烧肉、香菇木耳腐竹娃娃菜炒肉皮、炒青菜、番茄土豆汤。吴亮说这几个菜都是他喜欢的。坐下后看看案几上的老式三五牌台钟，时针指在11点45分上，吴亮说：“钟蛮准的。”我大笑，说这钟我们平时不开，它不走的。吴亮又现哲人本色：“一只永远走得不准的钟不如一只停着不走的钟。停着不走的钟，一天有两次是准的，一直在走却又不准的钟永远犯错，无准的时候。”我想，面对纷乱时势，不亦如此？

吴亮在嘉定图书馆讲课

下午，吴亮在图书馆讲了两个小时，我坐在第一排听。临结束时，他讲马克思与巴枯宁之争。巴枯宁说马克思的“无产阶级专政”学说必然导致一半是奴隶，一半是主人。马克思反唇相讥：说巴枯宁是用鞑靼语在翻译他的学说，意即一半是奴隶，一半是主人的状况在欧洲不可能出现，只有在野蛮人的亚洲才有可能。吴亮说：“现实不幸被马克思而言中。”散课后，又补充说：“其实欧洲也出现过。”

我完整地听他正儿八经讲课还是第一次，我发觉他不但口才好，而且一口男中低音普通话极好听。我说我在碟中听过蒋勋说《红楼梦》，声音也好听。有人问蒋勋："为什么你的嗓音这么好听？"他说那是前世在庙里捐过一口钟。吴亮听罢大笑："那我一定是前世在庙里偷过一口钟。"

看他在讲坛上口若悬河滔滔不绝，我又想起他少年时在黄陂路二楼图书馆手抄《马克思恩格斯全集》的情景。

吴亮每次来嘉定，都给我带来尚未发表的新作，让

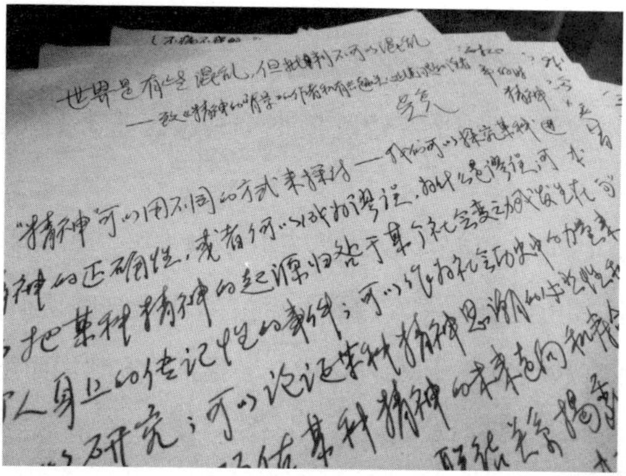

吴亮给我带来的手稿

我先读为快，如《马克思，还是西绪弗斯？》、《隐藏的文学肖像》等，批判犀利尖锐，入木三分。我读后在钦佩他博览群书学识渊博的同时，很觉过瘾，如同品了一壶浓酽的好茶，背脊、额头都会沁出汗来，酣畅淋漓又令人回味不尽。

出自吴亮那颗前庭饱满硕大脑袋的文字和言语，像产自高山的好茶，没有污染。与吴亮一起喝茶，他收获茶的甘醇，我收获思想的丰厚。

3

我曾无数次听吴亮说金宇澄写《繁花》是“老来发格”。

2013 年，北京的《繁花》研讨会结束后，吴亮在回上海的高铁上给金宇澄发过一条短信：“老金老骥伏枥，花甲之年功成名就一切水到渠成，繁花虽凋零却周而复始，曲终人散夜宴依旧笙歌依然，写作是一种纪念也是一种丢弃，时间以消失的方式恢复了它的存在，美必须以颓败来显示它曾经的丰盛，消耗它破坏它却最终成就了它，腐败、死亡、忧郁与无聊以及看破红尘都是无条件的代价。”

距离给老金发这条短信两年之后，吴亮来嘉定，给我带来一叠打印稿，说他正在写长篇小说《无处藏身》，已写了四万多字，想听听我意见。

我大惊。他写长篇，是否受老金《繁花》的“刺激”？我不得而知。但老金“六十怀胎”，毕竟不是“头胎”，他年轻时写过小说。而吴亮之前一直写的是评论，颇获好评的《我的罗陀斯》、《夭折的回忆》也只是他个人的回忆录。吴亮是六十怀头胎呵！

这部《无处藏身》(后更名《朝霞》)，我在新浪微博中看到过推介。陈村说：“目前，弄堂网有篇很精彩的小说正写作中，在文字域版块，《无处藏身》，作者隆巴耶。请捷足先登，请先睹为快。也许又来一朵《繁花》呢？”

这个“隆巴耶”就是吴亮呵！我惊喜不已。

我与吴亮议论过他写七十年代的《我的罗陀斯》和八十年代的《夭折的回忆》。《夭折的回忆》中有几篇九十年代的回忆，但只是“小记事”，读来总觉不过瘾。“什么时候你能继续写下去？”我问吴亮。他坦言，他不想涉及一些今天仍在的有名有姓的人。

他写《无处藏身》(后更名《朝霞》）的另一原因是不是为能避免真人真事的烦恼?

小说的开篇引人入胜。陈村在新浪微博上评论：“他的细节感令人赞叹。那个年头写得又深入又玄思。”这个开头，就让我陷入玄思。

当夜，我读完他四万字的打印稿。我直觉这是一种新的文体，未准是小说创作领域的一个新突破。

第二天，吴亮让我谈对《无处藏身》看法。我说：“在作家的写作过程中，我一般不说任何意见。我怕影响写作者的思路。”吴亮问：“前些年，阿姐（殷慧芬）写小说，你也这样？”我说：“是的，我通常在作品写完，再说看法。”

吴亮从嘉定回到市区，又发微信来，吃牢我要谈看法。我稍犹豫，说：“好话不多说了，只是初读稍觉吃力，议论稍多，导致进戏有点慢。但这些议论段落删去似有不舍，这就形成一对矛盾。”我似乎还是用习惯的小说模式评介他的小说。他说：“我要的就是这个，希望是‘不适’，又‘不舍’，随时拿起读，随手扔掉，又捡起。”“完全不讲结构，时间是平行的，没有通常的前后因果关系。”“到处埋伏着错误记忆、不准确的知识。”“这是一个无法掌控的文本，其实任何意见都对它无效，但是我喜欢这种经验。”“小说形式已经太丰富了，我必须采取自动写作的方式，动力是个人经验。”

吴亮的回答印证了他在演绎一种小说的新文体。

之后的每一天，我都关注着这部小说的进程。当时的“弄堂网”仍可及时地阅读到“隆巴耶”写的每一段，什么时候写的，读者有什么评论和建议也都一览无遗。吴亮写作的时间，有时是黄昏，有时是半夜，有时是凌晨，这部小说已经“折磨”得他寝食不安。当然，他也乐在其中。

为获得阅读的顺畅和快感，一开始，我从文本中理出几条人物情节的发展线索，一条一条顺着线索读，比如邦斯舅舅和朱莉、李致行爸爸和沈灏妈妈、阿诺和纤纤……甚至跳过那些议论的段落。

读着读着，我渐入佳境，便不再跳读。关于初恋、流放、通奸、乱伦等许多世俗的叙述和描写，我直觉不一定逊于《繁花》。我对吴亮说："你小说中的形而上，我毫不担心。但小说中形而下的描述，你一定不能忽视。"随着阅读的深入，我愈感我的担忧是多余的。而其中的精到议论，只有吴亮的小说才有。

在听完家长里短的世俗故事之后，再听智者的哲思，无疑是种极愉悦的体验和享受。

2015 年 11 月，吴亮又来嘉定，他说思路有点阻隔，想到嘉定这个福地稍作调整。

当夜，他小酒微酣，宿嘉定，晚上 8 点入睡，凌晨 2 点起写作至天亮。小憩后来我家来喝茶，说他写得极畅，很精彩，嘉定果然是福地，今心情大好。我开玩笑，若此作日后走红，吴亮嘉定此行，是不是该写上一笔？

茶盏之间，吴亮与我说起民国时上海的新感觉派，施蛰存穆时英刘呐鸥，我找出所藏叶灵凤的书，说还

吴亮此次来嘉定，写了近万字

有叶灵凤。他说这书给他用一下，他正在写的小说中，七十年代有人读这些书。叶灵凤这一细节，他也许会在小说中用上。当即他发微信："嘉定写作在楼府觅食，得楼兄叶灵凤小品一册，喝武夷'老喜公'岩茶，把最好留在最后……""老喜公"为民国武夷山八兄弟之一，做岩茶高手，1949年后专为毛泽东制御用大红袍。我请吴亮喝的"老喜公"岩茶，是其后人所制。

吴亮此次来嘉定，写了近万字。

……生活为什么是这样子而不是那个样子，没有什么道理可讲，那么多的阴暗面，不堪入目的，不自知的卑微，狼狈，难以分辨的善恶，无法确定的诚实和谎言，流过去就流过去了，每天都如此，不需要解释，生活经不起反省，太阳光不需要照亮所有角落，喜欢躲在阳光背后的不仅仅是老鼠，人就是老鼠，或者人总有做老鼠的时候，这也不需要解释，像一只老鼠那样把自己藏起来，然后找几只老鼠说说话，这还需要理由，需要解释吗？

这是他深更半夜写的，他很满意这段文字，他对我说："人像老鼠一样。我在嘉定写的。"

像一只老鼠那样把自己藏起来，能藏起来吗？小说的题目《无处藏身》与他这段文字有关吗？

4

吴亮每次来嘉定，除了写作就是喝茶聊天。

聊天的内容离不开他正在写的长篇小说。他对我说，写到后面越写越亢奋，浑身发热，血管贲张。有一个星期天，具体情节他不记得了，连续写了几段多人参与的对话，完全沉浸在一种着魔状态。那几个角色似乎自己在讲话，他不过是在记录他们的即兴对白，好像一切都是自动发生的，他根本不用动脑子。那个过程十分神秘，谈不上是灵感，就是一种他在八十年代读西方现代派某些小说的意识流，但是意识流小说通常是纷乱跳跃的，而他那些类似舞台对白的写作却非常合乎人物性格逻辑，这让他吃惊。不论是两人对话还是多人对话，怎么写怎么成，不需要什么修改，几乎没有例外……这种状态出现后留下的惟一后遗症是：每写完一个场景，他就会产生体力的虚脱，额头与太阳穴发热。那天下午这种类似精神亢奋与低烧体症又出现了，他以为自己发热度了，从抽屉中找到一支体温计测试体温，结果显示体温才 36 度 5。

我听着，大笑。也许，那时他真的着了魔。

一个下午在我家喝茶，忘不了他牵挂的武夷岩茶。

一杯好茶让他放下笔记本电脑，却让他身体有点热。喝了两盏，赞美几句茶好，他说他困了，想睡一会。他就走进我孩子的卧室，小睡。

连着写了三天，第三天晚上，嘉定的朋友为他饯行。一开始，他仍然妙语如珠。渐渐的，他忽然没了声音。一杯塔牌黄酒入肚，我发觉他睡着了。他也许真的累了。

那晚，送他上我朋友的小车回市区时，我像个老哥，再三叮嘱夜里就不要再写了，好好休息。他“嗯”了一声，钻入车内，消失在深秋的夜色中。

谁知第二天，我打开电脑，在弄堂网上见他又写了两段精彩文字。

真正进入长篇创作状态的人，我一直认为有点“神经质”，往往自己不能左右自己，而是被作品中的人物所左右。昔日殷慧芬写《汽车城》如此，今日老吴亮“六十怀头胎”写《无处藏身》(《朝霞》前名）也是如此。

写作过程中，吴亮遭遇过几次电脑突然“黑屏”，写的文字来不及保存。写作最怕发生此类事故，再重新回忆重新写，是不可能达到最初的效果的。面对这类意外，吴亮也无可奈何。

因为“黑屏”，他还丢失了一些精彩内容。

吴亮开始写作小说之后，逐渐地向一个并不清晰的未来延伸，他的状态常常是兴奋、焦虑、寻找、等待、尝试、幻觉乃至烦躁，那些人物一个一个生成，活动起来，令他伤透脑筋。即使在不写作的时间里，他的思维仍被小说人物所纠缠。那个阶段，他几乎每天能写一两千字，但是他的精神状态却可以用茫然来形容。他通过“弄堂网”在线写作，写一节，发表一节。这个方式对他有很大的刺激力。要命的是，他用电脑写作时，都发生过网络突然中断，写到一半甚至写了大半的文字突然消失。有一次节假日，他在办公室写作，天黑了，值班人员不知道他还在办公室的电脑前，把电闸拉了。电脑屏幕突然一片漆黑，写的文字找不到了！没有了！噩梦啊！吴亮抓狂啊！他完全无法回忆，重写根本不可能！其中丢失的有一段写阿诺与马立克在 1972 年秋天的一个傍晚于上海图书馆阅览室邂逅，两人后来成为忘年交，那个渐渐暗下来的阅览室里只剩他们两个人……这一幕，吴亮无法再描绘出来了。

丢失这一节，吴亮沮丧了好几天，那段文字不是很长，但印象中非常美，一种空寂的美，二层楼的阅览室天花板很高，惨淡的日光灯光一盏盏关闭，阿诺与马立克才同时发现了对方……吴亮后来再也找不到那个语感，他只能留下空白。作为一种交待和弥补，他后来在小说中只能通过阿诺邀请江楚天一起拜访马立克时，向江楚天解释他与马立克在图书馆相遇相识……

这种“黑屏”现象，有一次他在我家茶桌旁写作时，也“不幸”发生过。

吴亮在青浦金泽写这部小说似乎很辛苦。他告诉我那里实在太冷了，房间很宽敞，夜晚气温接近冬天，半夜爬起来写作，一会儿两脚冰凉……写作基地十几间房间，只住他一个人，还有一个门卫一个厨师，安静是安静，但太冷寂。他在那里写了孙来福集邮票养热带鱼，然后就写上海下雪了，孙来福养的鸽子冻死了好几只，天津饺子馆的聚会，这些情节都不是他事前设计好的，可能与青浦的寒冷有关，它暗示了吴亮的想象方向。

听说吴亮在金泽为写这部小说的挨冻受苦，又没人陪他聊天，我知道后有点心疼。结束那天，青浦的“东道主”、申窑掌门人罗敬频为他送行，在朱家角请饭犒劳。我和殷慧芬，还有小说家张旻，专门从嘉定赶去慰问。

相比青浦金泽，他在嘉定的写作条件要好许多。吴亮后来在微信中对我说：

> 嘉定离上海比较近，所以我来了三次，我喜欢在酒店里写作，因为酒店的格局大同小异，不会让我分心，写小说，一旦进入状态就完全忘记了所处的环境，这五个月中，我在杭州、桐庐、北京、南京的酒店或度假村都写过，甚至还在上海的建国饭店、锦江饭店与汉庭连锁店写了不少章节……据说波德莱尔经常在旅馆里写作，现在我体会到了在酒店里写作的美妙之处，当然还有咖啡馆，作协楼下的玛赫咖啡馆是我去得最频繁的写作之处，上午，下午还有黄昏……在咖啡馆，我的抗干扰能力特别

强，为什么会这样我也弄不清……

写作环境对小说家的想象力是否有影响，是否会直接影响到故事的走向、情境、细节乃至某些意想不到的偶然发现，这是一个无法确认的因果猜想，每个人的经验各不相同，人言言殊，至于我的体会，好像两者之间并没有直接的关联，或者在某些时候会产生暗示，比如你说的，我在寒冷的青浦写作，于是感同身受意欲虚构一场一九七四年底的大雪，但是紧接着我又写了一场发生在同年夏天在河南发生的洪水泛滥，又如何解释呢？

长篇虚构作品的写作过程是一个复杂的想象力马拉松，一个念头就足以变成一个重要的场景与情节，而反复掂量的设计却无法写得令人满意，那个灵光一闪的念头，大概就是人们常说的灵感吧……

吴亮与画家江宏相识后，因为两人在市区的住处相隔不远，彼此互有来往。

一天在江宏家里，两个上海男人聊起 1976 年 9 月

9号在干什么？江宏说他那天与女朋友去军天湖农场玩，突然气氛很紧张，因为那里全是劳改犯。写作中，对什么都敏感的吴亮抓住了这一细节，后来他用到小说中，为此还找了一份安徽地图，为小说人物东东画了一条横跨皖南的逃亡路线。吴亮说他平时不会对日常闲聊很敏感，他是一个对生活细节非常不在意的人，但因为要写小说，他脑子里已经有多种设想安排，那天他是特意问江宏的。

因为写小说，平常不在意的，这时在意了。我很理解。后来我问那张他画的横跨皖南的逃亡路线还在吗？若在，今后作为他创作谈的插图倒是很有点意思。我们都经历过1976，当时的情景历历在目。这一段历史，我不知道有没有别的小说家写过。但凭直觉，由于种种原因，不怎么好写。吴亮坦言那是小说的高潮部分，亦是小说的尾声，这个部分他写了半个月，是整个小说写得最慢的部分。

吴亮决定把《无处藏身》更名为《朝霞》是2015年

底。那天他一到我家，就发微信："空降在嘉定，又见楼兄，又见殷姐，艳阳高照，煮水烹茶。"

我也跟发微信："欢迎吴亮再次来嘉定吃茶。嘉定是吴亮福地。今天，天特别'耀''亮'。吴亮的小说即收官，我那辆开了近12年的车也将告别，继往开来，我用新车迎接吴亮第一部长篇。""上一回，吴亮在嘉定写了近万字。他说，这回也争取写一万字。他已想好了一个结尾。很精彩的结尾。"殷慧芬也说："嘉定是阿亮福地，是他起意创作长篇小说《无处藏身》的N个缘由之一。现在他的小说已经进入收官阶段，他希望在嘉定有一个意外的收获……"

热闹了一阵。聊到了往事和未来，他说许多往事已忘却，因为写小说，它们又重新出现在面前，向你走来。是从未来向你走来。这就是反复，很有点轮回的味道，就像朝霞升起、消失，第二天再升起……

他决定将小说改名为《朝霞》。

2015年底的那天深夜，吴亮在嘉定那家酒店写了好几段。他写到 1976 年 9 月 9 日："……下午四点，唁文昭告天下，导师驾崩不可避免，这一天到来了，中国古代有个叫司马迁的说过，人固有一死，彻底的唯物主义者无所畏惧，自然法则再一次在大地震之后显示它的沉默力量，医生们穷尽了所有努力，芸芸众生惟有表情复杂的恸哭冲上云霄，一张巨大的椅子空出了位子……"

红太阳落下了。尼采有名言："还有无数朝霞，尚未点亮我们天空。"

我想，吴亮的《朝霞》是无数朝霞中的一朵。

吴亮的《朝霞》，当然是亮的霞。

归去来

汤国（1955— ）

归去来兮！田园将芜胡不归？

——东晋·陶渊明

1

2013 年 4 月某日，吴亮发来短信："耀福兄，我五月中旬想再去嘉定，并带两位画家登门拜访，一位是汤国，现居金陵……"我即回复："好啊。住宿吗？"吴亮说："不住。汤国的画展 11 日开幕，我们 12 日来嘉定。"

12日一早，吴亮他们叫了辆出租，从上海市区直奔嘉定。吴亮不认路，全程我用手机遥控，指挥该怎么走。结果他们还是开错路。我叫他们等在原地，我再去接。

同来的还有一位汤国的朋友傅晓。一见面，吴亮介绍：“汤国在皖南泾县查济买下个带花园的明代古宅，我常去玩。是个如楼兄一样好客的艺术家。”

我说我两次去查济，当地人告诉我，那幢很漂亮的古宅是南京一位画家买下的，今天，算是见到主人了。

吴亮知我也喜古宅、老家具，笑说：“你们是物以类聚呵！”

吴亮与汤国

我说："是人以群分。"

吴亮哈哈一笑："所以才叫人物。"

我说："你和汤国是人物，我闲人一个。"

汤国确实是个人物。1955年，他出生于江苏无锡；1986到1989年间在南京艺术学院和中央工艺美术学院学习；早在上世纪七十年代，他的作品就开始在省级以上书画大赛中获奖，之后在上海、香港、台北和意大利米兰、英国伦敦等地多次开办画展；由汤国主持修缮的北京智珠寺古建筑群，获得"联合国教科文组织亚太地区文化遗产保护奖"；侯孝贤拍电影《海上花》，场景所需老家具，是委托汤国代理的；更牛逼的是汤国画画的纸，是他在泾县自己制造的。

八十年代，汤国尝试在绘画中表现力度，这一尝试让他困惑，用力重一些，色彩浓一些，从市场上买回的宣纸就破了。"为什么古代画家能够'力透纸背'，而当代画家做不到？"为寻找真正传统意义上的宣纸，他来到泾县小岭村，访问纸料制作高人，在古老的纸作坊里，严格遵循古法五十多道工序，不加任何化学辅料，自然备料，选料，蒸煮，晾晒，造纸。一呆就两年。两年里造的纸，汤国说够他一辈子用的了。

那两年，汤国常在泾县山中转悠。在查济古村，见一个农民要出售一幢破败的明代老房子，他动心了。

汤国成了查济村的“村民”

九十年代的某一天，他终于买下这幢老屋，他说“这里安静，能让人静下心来。”古屋经汤国修缮，恢复了原貌，取名“澹园”。在两三亩大的院子里，汤国种芭蕉、竹子，从此成了查济村的“村民”。

每到周末，汤国会从南京开车两个半小时到那里住上两三天。有时是他一个人，有时则是陪同意气相投的朋友。

汤国在我们家喝着茶，介绍着他的“澹园”。“我对古建筑抱敬畏之心。我尽可能地保留它的原来面貌。即使设置水电管线的埋设，也尽量保持对原建筑的最小干预和损伤。花园里有块四米长的石板，我用来做桌面，上面还刻着明代万历年留下的文字，还有‘澹园’、‘艺漱’古代石匾额。连明代紫藤、腊梅老根我都保留着。”

汤国赠我一本他的限量版的摄影作品集《人境》，85帧照片，每一幅都是查济古村落和澹园的写真。

古代石匾额“澹园”

《人境》的文字很少，仅尹吉男先生的代序《自然之眼与现代化边际》和汤国自己写的《后记》。汤国在给尹吉男的信中说："山村以种水田、桑蚕、茶叶、竹笋、板栗为业。各种生产、劳动工具乃传统型制。水牛耕田、手工制茶、竹匾养蚕，自古至今未有重大改变。村茶叶年产量二千多公斤，板栗年产量30吨。"叙事简明质朴，如尹吉男所言与汤国"摄影的拍摄风格如出一辙"。

这段文字还让我喜欢的是，他提到了茶。泾县有太多的好茶。

2

吴亮说我与汤国"物以类聚"，也许，都喜欢茶，是"类聚"的因素之一。

汤国说，"在查济村，吃的都是当地的食材，包括院子里的竹笋，连茶叶都是自己做的，请的阿姨会做，我也会做。"查济村民自己做的茶，我是喝过的，那是已故著名作家鲁彦周的夫人、画家张嘉在那里小住的时候寄给我们的。但汤国做的茶，我没有喝过。

凑巧的是我也做过茶。一个月前我刚去过福鼎茶山，当地茶人叶芳养陪我们一起在海拔 900 米高的九峰山采野茶，满满的一网兜，当夜让我带回上海。叶芳养教我如何晾晒萎凋，如何做白茶。我初次尝试，有少许因为茶叶太嫩、日光太强被烤焦，但成茶后仍无法掩饰我内心的喜悦。有朋友来，我便拿出分享。

我请吴亮和汤国喝我自己做的茶。当然也喝别的茶，如武夷山的牛栏坑肉桂。这茶在上海某会所标价每斤数万元。但是再昂贵，此时却抵不过这款我自己做的茶。因为这茶不仅有一种山野气息，更因为是我制作。这种亲历参与做茶的过程又是我和汤国的“类聚”之处，因此，两人无比亲切、投机。

也是在福鼎茶人叶芳养那里，那年我买了几十个陈年老寿眉茶饼，二十多斤清明前后在九峰山采摘的白牡丹，满满三大箱。我将其中一箱请人分装成一袋袋小包装，专送同好朋友。吴亮一直说，我这里是他在上海最喜欢的喝茶场所。汤国又是如此爱茶。临别的时候，我送了点茶，也算是“宝剑赠英雄”了。

大概过了大半年，冬夜，我在微博上看到汤国在查济古村的老屋煮老寿眉白茶。我像是听见瓦罐煮茶时的声音，如嘶鸣，如细语。茶气在冬夜袅袅升腾，茶汤泛着白色泡沫。他说，陈年老寿眉，煮着喝真不错，回甘满满。

我看着那图片，温暖极了。正好，那夜我也喝着叶芳养的老白茶，我觉得自己仿佛也到了皖南山村，与汤国面对面，把盏品茗。

我与汤国另一个“类聚”之处，就是都喜欢老家具。尽管我与他的收藏不在一个层面，就像弈棋，我只是业余，而他早已是高段位的职业棋手了。经他手的古典家具无数，侯孝贤拍电影《海上花》，所需之老家具，当年影片顾问、作家阿城都是委托汤国全权代理的。雕花大床等家具报关时作装箱前的检验，摆满了整个篮球场。看到海关人员手头厚厚的一叠表格，汤国想不知要奉陪到何时，便找了个借口先去睡了。满满的一个集装箱，从此岸运往海峡彼岸。

更令人啧啧称羡的是，汤国至今藏有黄花梨大柜等重器。

玩老家具，我与汤国，无疑是小巫见大巫。虽如此，在对老家具的痴迷和喜爱上，我与他是共同的。近二十年来，我也断断续续收藏了不少，其中如前红后榉清代雕花拔步床等也堪称大件，清早期的酒桌、楠木面条柜等也保留着三百多年前的岁月留痕。因为喜欢，我还写过不少文字，结集出版的著作《月河淘旧》还一路畅销，被两度列入“书香上海”好书排行榜。“业余爱好者”见来了“高段位的职业棋手”，请教是必须的。汤国翻着我送给他的《月河淘旧》，之后在屋里巡视察看，像将军检阅士兵，不过这些“士兵”都上了年纪。

在书房一对椅子面前，他止步了。那是对南官帽椅。他上下看了好久，对身边的傅晓说：“你坐坐。这东西在博物馆是不让你碰的。”身材高大的傅晓是南京一家投资公司的老总，这时像个孩子，望了望汤国，很听话地坐了下来，双手搭在扶手上。汤国问他什么感觉，扶手是不是温润如玉？傅晓只顾点头。汤国说：“黄花梨。清中期之前的。这东西这两年太火了，市场上几乎看不到，一露面就有买家拿走。”他问我当初买下的价格，我说了个数字，他说赚了。此时我觉得自己这个蹩脚的“棋手”，偶尔也下了一着好棋。殷慧芬在一旁听着，插话：“你说博物馆不让碰，我们家钟点工打扫卫生，要爬高，把椅子拖过来，一脚就踩上去了。”众人听了，大笑。

与博物馆的比，这对椅子不够精致，比如下面的横档，用材还不怎么规则。我问汤国，要不要请人整一下？汤国说：“千万不要，它是民间的，原来怎么样，还是让它怎么样。”

“原来怎么样，还是让它怎么样。”汤国对老家具、对古建筑都持这种态度。汤国认为：“所谓修旧如新，修旧如旧都是不对的，按照威尼斯宪章，应该保护所有原来信息，这是当地对人类遗产保护的法律规定。但是现在，很多旧物都因为某种错误的观念被损毁……”“古建筑的面容，到处都是苍老皱折的表情，脱漆褪色是正常的。对于老者，我们无需对她进行除皱拉皮，或套上花枝招展的外衣，否则就是个笑话。让古建筑的梁、架、枋、柱的颜色，慢慢变深的是时间是自然，沧桑的面貌是模仿不出来的。”

正是这种态度，他在查济古村修复的“澹园”博得了许多人的赞美，其中包括慕名前来的好莱坞明星朱丽叶·比诺什。也正是这种态度，历时五年，由他主持修缮的北京智珠寺古建筑群，获得了“联合国教科文组织亚太地区文化遗产保护奖”。

汤国在对南官帽椅作评价的时候，吴亮一直在场，笑嘻嘻的。傅晓刚起身，他接着就坐了下去：“让我也在这椅子上得点气。”他比我还高兴。他重新从椅子上站起时，更加气宇轩昂了，仿佛真的从中得了气。吴亮演讲、著文，本就一泻千里，气势不凡，这以后，他的文字更将势不可挡。

后来吴亮带好几拨朋友来喝茶，画家洪磊、陈心懋、韩冬、申凡、焦振宇，美女评论家张莉、张屏瑾，雕塑家杨剑平父子等等。每来一拔，他便叫朋友“坐坐”。一日，他与孙甘露、朱大可来嘉定图书馆讲课，之后来舍下喝茶。甘露、大可都是多年朋友，甘露还是殷慧芬在上世纪八十年代上海作协首届“青创会”的“学弟”，彼此很熟。吴亮照例向他们介绍这对椅子，强调是汤国的评鉴。孙甘露坐了坐，神情也是喜滋滋的。

3

汤国来嘉定的前一天，有一个画展在上海莫干山路香格纳画廊揭幕，同时展出的还有他的一个名为《墟》的影像展。

一个名为《墟》的影像展

汤国的《墟》用枯枝败叶为材料不断组合变化，拍摄了七千多张照片后，形成了一个影像作品。吴亮先睹为快，称“这是一个形式上非常简洁、同时具有多重象征性的复杂作品，既触目惊心又空茫寥廓”，“这是一个杰作”。

我见过汤国在泾县拍摄的几张废墟的图片。2009 年我去泾县时也目睹过那片瓦砾遍地杂草丛生之地。虽然狼藉，那高大石柱上的雕刻依旧彰显当年的华美，残留的飞檐翘角、雕梁画栋仍无法掩饰昔日曾经的辉煌。我注目那片废墟，从窗棂的木格判断，应该是明代的建筑。我无比痛惜。如果说圆明园的废墟，是因为八国联军，那么这些年，类似我所见到的、汤国所拍摄的废墟，又是因为谁？从这个意义上，汤国的《墟》，和他的配音哼唱，悲哀、飘逸、怨恨，可谓对我们祖先所建的美好家园的一曲挽歌，无比凄美。

“老屋里的油灯、案几和抽屉里的东西，都还在原地守着。藤蔓爬过一大堆空空的酒瓶，覆盖了井台、铁皮桶、腐烂的绳索。扁担和锄柄都褪去了光泽，蛀虫啃咬的木屑堆积在地上。疯长的灌木野草让小路弯曲变形，建筑残件散落在地上随处可见。幽黑的老屋，竹篮、油灯、葫芦、丝瓜悬挂在屋梁上，地面、墙板到处都是斑斑驳驳的劳作痕迹……”这是汤国的文字，描写的对象也将成为废墟。字里行间满含他依依惜别的情感。

汤国画了许多。他有一幅画，曾在意大利米兰展出过，后来成了韩少功《归去来》的意大利文版的封面。“归去来兮！田园将芜胡不归？”陶渊明的句子。也许，没有比这幅画做韩少功《归去来》的封面更贴切的了。

对他的画，吴亮的评价已有不少文字。我再赘述，似有班门弄斧之嫌。不过，我注意到，汤国的一些画与他那山村老屋的气场很吻合。他往往画中有画，满纸古

汤国一幅画成了韩少功《归去来》意大利文版的封面

意。他是否有意无意在为他的老屋补壁？我不得而知。他的另一些画，人物无眉目，透逸着宋画的气息，却又不同于宋画。他也许在想象几百年前在已成为“墟”或将成为“墟”的老屋里生活着的古人。如梦如幻，有点模糊，面貌不清。或在庭院的孔门前，或在老屋的廊檐下，或赏画，或品茗。汤国将自己与古人融为一体，释放着久抑于胸的乡村士大夫情结。“山水，青檀树，大木构架，石雕砖雕木雕，榫卯结构，晾晒场，溪流石臼，青石板水槽，烘纸的泥墙，草木灰的清香，青砖小瓦，溪流在歌唱，大山植被都快乐起来，一派生机勃勃。”汤国描绘的情景令人神往。“在农村生活的人都去了城里，而没有好好收拾自己的菜园、花园”，没有好好收拾，美好也终究要成“墟”，汤国无比痛惜。

我读过吴亮与汤国的访谈录《漫长的瞬间》。吴亮问：“有一阵，你的画里面频繁出现飞翔的人，或者是梦境，或者是超现实的幽灵，在房子屋宇上方御风而行。”汤国答：“可能是羽化登仙的人吧，可能是自由飞翔在自己屋子里外的人，可能是围绕欣赏老祖的人，也可能是被拆迁逼出来的幽灵，我不知道。不过有一点是肯定的，这些画的确是在南京老城大拆迁的时候画的……”

亲眼目睹大片漂亮的老建筑在无知的巨手挥动下，被沦为“墟”，汤国惋惜、愤怨，却又无奈。他只能在他自制的土宣纸上宣泄内心的忿怒和对老建筑的留恋。他的这种情感，与他在皖南山村看到一幢幢元代明代的古屋被化为“墟”是一致的。

至此，我似乎才明白汤国为什么买下查济那幢已经破败不堪的老屋，又为什么倾其所有整理修复这幢老屋？他是不想让六百年前的“澹园”沦为“墟”。

汤国此次嘉定之行，是我与他的初次相识。也许因

查济村，“连下的雨都是干净的”地方

为彼此间太多的“类聚”，我们一见如故。之后，好长一段时间无甚往来，只在互联网上互相关注。

汤国的微博有个《乡村日记》的专栏，他常常发一些来自山村的图片，一幢破败的老屋，几件零乱的老家具，野外被丢弃的古代石件，乃至一篮刚采摘的茶叶，一个在田里劳作的瓜农……充满着浓浓的乡野气息。我常常点赞，转发，想让更多的朋友感受那个“连下的雨都是干净的”地方。

这个地方我也很向往。

4

我终于有了一次再去查济，并深入“澮园”的机会。那是 2015 年 4 月。

我先到南京访雨花茶，之后就坐着汤国的越野车从南京直奔泾县。汤国常常陪着意气相投的朋友去“澮园”住上两三天。这一回，他陪的是我和殷慧芬。

汤国在泾县朋友多。泾县肉焖面好吃，正是午饭时刻。一进县城他就拉我们进一家馆子。饭店的妹子一见他来，左一声“汤老师”，右一声“汤老师”，叫得十分亲热，端给我们的茶也明显不一样。给我喝的是饭店的陈茶，给汤国的那杯则是她们私人的茶，采自桃岭的汀溪兰香。妹子端茶时说：“桃岭的茶，桃岭的水，出了泾县就变成了鬼。”可见汤国在泾县人缘极好。

从泾县到查济的路上，汤国带我们去青弋江边的章渡老街。在没有公路的年代，青弋江的水路使章渡成为商贾云集的皖南重要商埠。当年，李白游青弋江时从章渡上岸，看到小镇的繁华曾题有“西来第一镇”。靠水一侧的房屋全部是吊脚楼，据说现在是江南唯一的吊脚楼群。昔日舟楫往来的青弋江面，如今已略显狭窄，更像是一条清溪。我们在老街徜徉，街上的居民大多已搬离，空置的吊脚楼出现坍塌，面前断壁残垣，一片荒芜。少数还顽固坚守的居民，仍在杂草丛生的空地上晾晒酱瓜、菜干。一口被填没的老井上长出了黄花。

汤国走在前面，时而低头沉思，时而透过废屋的框架仰望天空。我不知他在想什么，寻找什么？他说，“再不来就看不到了，鬼知道开发后的章渡会成什么鬼模样？”汤国目睹满目疮痍，在心生悲凉的同时，我不知此情此景会带给他什么样的创作灵感？

离开章渡，我们前往目的地：查济澹园。

六七年前，我曾两次到过这里，村舍、小桥、溪流

汤国站在门的一侧做了个欢迎的姿态

我都似曾相识。而汤国的澹园，我则是第一次深入其内。

当汤国打开老屋斑驳的木门时，他先一步跨入，站在门的一侧做了个欢迎的姿态，令我忍俊不住。院子里一股古朴清新的气息迎面而来。澹园的许多情景，我都在汤国赠我的那本摄影集《人境》和他之后不断发布的《乡村日记》中见过。如今身临其境，自然格外亲切。

放下行李，汤国就带我们参观，外院一条长长的石板路，老树芭蕉翠竹，葱茏一片，石碑古臼水缸随意置放，一块石碑刻有“兖州合同酒保”的字样，像在告诉我它经历的沧桑。旧屋的廊檐下晾着衣衫，那是为汤国看守园子的阿姨洗晒的，有一件红衬衣，在风中微动，显得很醒目。拐进一个圆形的孔门，便是里院，同样是很自然的布设，水池里游动着鱼，四米长的明代石板搭建了一张长桌，古代石雕触目可见，一尊石鼓墩放在两张竹躺椅中间便是茶几了，条石上的盆花，屋檐下悬挂的腌肉，横七竖八的竹竿构成的线条，墙上不同年月留下的字痕，一切没有丝毫刻意。屋子里鱼皮制作的旧时挂灯、明清家具、随意堆放的民国年的“亚细亚”铁皮火油箱、墙上汤国自己的画……所有的信息都让我赞赏不已。

“喜欢。”我毫不掩饰我的第一感觉。汤国笑了：“来过的朋友都说好。”他告诉我十多年里在这里举办过的一次次中外艺术家聚会，接待过多位中外名人，其中就包括著名影星朱丽叶·比诺什。

“她那时正处于感情的痛苦期，带着她的一儿一女在这里度过了愉快的一周。”汤国说，“今晚，你们就住她住过的那个房间。”

我大笑，连连称好，我不知这将是一种怎样的体验，睡梦中会不会有她演过的电影，诸如《布拉格之恋》、《蓝色》、《爱情重伤》、《新桥恋人》的镜头出现？

把我们安顿好了之后，汤国自己又忙开了，他说这次回澹园，他还有一个任务，那就是为一家艺术杂志拍照。他说：“十多年过去了，许多人仍记着这个明代古园，仍不断有刊物、报纸等各种媒体要澹园的图文资料。”

我笑了，之前不久，我有一篇《“澹园”，在查济古村的复活》的文章正好也凑热闹，在上海《新民周刊》发表。我说："其中也包括我写的文章。我意犹未尽，待你空了，我还要听你聊，澹园经久不衰的魅力究竟是因为什么？"

我和汤国坐在水池边那顶金黄色的巨大的遮阳伞下，喝茶聊天。

汤国讲他的故事，他居然与我还是同乡，祖籍浙江宁波。祖父原来在上海市中心的建国路有花园洋房，父亲年轻时便"背叛"家庭，18 岁就早早投身"革命"，离家出走去广西，参加了郑君里抗敌演剧队。上海祖父的那套花园洋房后来卖了三千多万，他父亲一分钱都没要，临终前特地关照汤国兄弟，祖父的遗产不许与族里叔伯家的兄弟去争，他说他 18 岁从家里"出走"，那一天起，就意味着对家族财产的放弃。

汤国说他年轻时的故事。上世纪八十年代初，他曾三次骑自行车从南京到上海，为的是看来自域外的画展。有意思的是他三次骑行，分别走了三条路线。1980 年，从南京经无锡、苏州到上海；1981 年，从南京经长兴、

汤国年轻时为看域外画展三次骑自行车从南京到上海

湖州、杭州、嘉兴到上海；1982年，从南京经扬州、泰兴、南通、嘉定到上海。从这个意义上看，他说又有点旅行的意味。但三次骑行的动因，都是改革开放后的外国画展。

父亲的文艺基因、年轻时对艺术的追求，对汤国后来成为一位现代派画家不无关系。令我深思的是一个具有先锋思维的画家对中国传统文化居然如此怀念和痴迷，古建筑、老家具、老街废墟、古法造纸，乃至面前一壶醇醇的茶……

5

我住“澹园”两日，当了两天查济“村民”。夜晚，我坐在竹椅上，耳畔竹叶在轻风中微曳，天空一片湛蓝，看着星星一颗两颗地升起，静身静心地享受清幽，忘却了一切世事烦扰。

晨起，我沿着贯穿古村的那条许溪散步。我第三次来查济，古村变化很大。原本清静如世外桃源，如今已颇为热闹，进村门票 60 元，周末更是游人如织。原本很空旷，如今却大兴土木。为开发旅游，仿古的“农家乐”等新建筑似乎多了。行走查济，这里已居住不少来自各地的艺术家，有些建筑、因为一些刻意追求，反显得不伦不类。

“古建筑的面容，到处都是苍老皱折的表情，对于老者，我们无需对她进行除皱拉皮，或套上花枝招展的外表，否则就是个笑话。沧桑的面貌是模仿不出来的。”在古村落行走，想着汤国曾经这么说，我就更加理所当然

最美最本色的当数澹园

汤国在泾县的造纸厂取纸浆

地认为：最美最本色的当数澹园。

我对澹园依依不舍。离开前，我拍了许多照片。也许正是为了今后的怀念。

汤国的越野车缓缓驶出查济，车速不快。他心中也许更不舍。但再依依不舍，也终有分别时。

经过泾县一家叫“载元堂”的造纸厂时，汤国说他要去取纸浆。6 月，他在母校南京艺术学院有个展览，他要用纸浆做几个作品。

汤国在“南艺”办个展时，我在北欧，无缘去南京见识他用纸浆做的艺术品。我不免有点遗憾，毕竟我是他在泾县搬运纸浆的目击者，其中有一袋纸浆搬上车时我还搭过手。我想，如果那天我在展览会现场，我相信那感觉一定是与别人不一样的。

终于有了一次欣赏汤国纸浆艺术作品的机会。2015 年 10 月的最后一天，在虹桥羽瓦台，我参加了由吴亮策展的“汤国洪磊双人展《不舍昼夜》”。

展出的作品不多，汤国、洪磊各三件，但每件皆有内涵。

汤国的两件作品：《屋檐》和《鸟语花香》，所用材料正是5月他在泾县获取的纸浆。汤国的另一件作品名称《木构集》，长长的手卷上绘满了废墟中倒塌的建筑构

纸浆制作的《鸟语花香》

件。它让我想起我们去过的章渡。

我在汤国的新作《屋檐》前也站了很久，不仅因为纸浆材料给画作带来的立体质感，更因作品所表达的意蕴。汤国站在我身边，当着我读画时的讲解员。

他说："背后是一幢古代建筑。千年屋檐积了太多东西。"

我说："很脏，洗都洗不掉。"

他说："对，洗都洗不掉。"

《鸟语花香》也是由纸浆制作的，顾名思义，那是一个很美好的生机勃勃的境象。三件作品，组合在一起，我想起陶渊明的句子："归去来兮！田园将芜胡不归？"

回来吧，再不回来，田园将荒芜，老屋将倒塌成废墟。

回来吧，再不回来，老屋积累的污垢将洗都洗不净。

回来吧，我们一起营造期盼的"鸟语花香"。

魂兮归来

洪磊（1960— ）

目极千里兮，伤春心。魂兮归来，哀江南。

——战国·屈原《楚辞·招魂》

1

早就听说吴亮的艺术圈中有个叫洪磊的，作品多次在纽约、阿姆斯特丹、巴黎、赫尔辛基、布拉格、东京等地展出，并被法国文化部、美国波士顿美术馆、美国国际摄影中心和上海美术馆等单位收藏。有一次，洪磊在上海参加艺术活动，第二天吴亮来嘉定。我问："洪磊呢？"吴亮说："他要睡懒觉，早上起不来。"

2014年4月，洪磊终于来了。一起来的还有陈心懋，洪磊在南艺的校友。我不知道吴亮是怎么说动洪磊的，他一定说到了我这里的茶。茶让洪磊起了"凡心"。因为洪磊的祖上曾经是个茶商，就像胡适之，祖上也卖过茶。

洪磊果然喜欢茶。那天他带来画册和他写园林的大著《墟之居——儒生庭园的诞生》。吴亮说，这书写得很好。我迫不及待打开，第一章就是写"吃茶"，写了网师园、妙玉让茶、茶经。

之前，拙著《吃茶笔记》刚由上海文艺出版社交付印刷。在这本书的《后记》中，我对"吃茶"作了解释。洪

洪磊终于来了

磊关于“吃茶”也有解释：“吃茶。吴语喝茶的意思。一种延续已久的与自身孤独的演示。于不完美的现世去享乐一点美与和谐，在刹那间体会永久。”简洁，却不失精到，字里行间，禅意绵远。

网师园一次很普通的吃茶，让洪磊难忘：园子里只有他“一个人”，要了“一杯茶”，去“竹外一枝轩”，雨水极细，扯起“一道轻浮的雾帘”，能听见自己的心脏“一下一下在抖动”，“饮一口茶”，又会在喉哽处听到“一声巨响”……在写了那么多“一”之后，洪磊享受

洪磊《墟之居——儒生庭园的诞生》

“滚烫的茶水顷刻间通过喉管汹涌地奔赴肠胃”的“那种畅快淋漓”。此情此景，我读着文字都难忘，更何况洪磊亲历其境。他当然难以释怀。

在吃茶的刹那间体会永久，此种心灵的共鸣已无须多说。我与洪磊，一下子就像老朋友，谈话内容也立刻多了。

2

洪磊这本关于园林的著作，足以说明他对园林的痴迷。他说他常去苏州园林，比如留园，他的熟悉可以是对它的每个角落，他凭记忆能把整个留园画出来。

在这本《墟之居——儒生庭园的诞生》中，洪磊不仅写了留园、网师园，还写了沧浪亭、狮子林、淑春园、片石山房、环秀山庄……爱屋及乌，与园林相关的亭子、屏风、漏窗、美人靠、兰草、梅、竹、石等，洪磊在书中也不吝笔墨。尤让我惊异的是洪磊还以网师园为背景写过小说《四个人的梦》。

“园林会一直在我的作品中出现。园林最大的特点是把中国美学中所有的东西集中起来，每一个细节分出来就能成为一个分支，园林的整个布局，就是中国绘画的审美。所以我觉得这个东西我不会轻易放弃，它可能就是我的一个看家本领……”洪磊如是说，可见其对园林的情结之深，远非一般人可比拟。

我向他介绍嘉定的园林。嘉定过去属于苏州，上海五大古典园林，嘉定占其二。比如秋霞圃，明代的私人花园，很安静，我很喜欢。我问洪磊：“想去看看吗？”洪磊没去过秋霞圃，当然想去。

春天，秋霞圃百花盛开，牡丹、桃花、樱花，美不胜收。我们看花赏石，流连忘返。洪磊在园中一次次地脉脉回望，真猜不透他又看到了什么？

我看过洪磊一些关于中国园林的作品，华丽优雅的亭台楼阁、绿树奇石之间鲜血蔓延。洪磊在其中一幅作品旁边，有这样一段文字：“拆毁了我家老宅院之后我在梦里似孤魂野鬼我的还乡就是去到苏州拍摄庭园。”他还说过“每一个园林、花园都有它的悲剧性”。

在秋霞圃，不知洪磊是否有还乡的感觉？但秋霞圃，如他所说，也有悲剧。这座始建于明正德嘉靖年间的古园曾几何时也是一片荒芜！洪磊称赞这个园子理水很高明，他却不知在那个疯狂的年代，水边玲珑剔透的太湖石曾被砸碎用作建造防空洞的三合土？每想至此，“儒生”们的心里便流血。

相比嘉定许多已经湮灭的园林，秋霞圃虽然有过创

洪磊在园中一次次地脉脉回望

伤，但它毕竟仍在。当年辟建的桃花潭依然水波涟漪，明代书家娄坚题写的那块独幅石板的涉趣桥依然还可看到，形神兼备的明代遗物福禄寿三星石仍在绿荫丛中笑看世事变幻。而之后按原图重建的池上草堂、丛桂轩、即山亭等又不改当年风韵。入丛桂轩，推开东南西北四面轩窗，分别入目春夏秋冬四季景色，我们不得不敬佩古代文人的精巧构思。难怪明清名士唐时升、李流芳、宋珏等常在此雅集，会文唱和。

秋霞圃虽然有过创伤，但它毕竟仍在

旧时，嘉定的雅园有百余处之多。附近与秋霞圃同建于明代的藓园、石冈园等早已废圮难寻，清初著名诗人赵俞的绀寒湄亭也早已荡然无存。秋霞圃流过血，却劫后余生，仍属万幸。

与洪磊一行经桃花潭北岸碧梧轩，见横琴石，古朴典雅。坐山光潭影馆内，观庭前轻歌曼舞，一侧琴音缭绕，真风雅。而此刻，目睹横琴古石，我却想起洪磊一幅以园林为背景的作品《听宋徽宗抚琴》。大树，古琴，奇石，倒挂着的儒生，远处还有原子弹爆炸……太多的信息集合在画面上，令人感慨，令人深思。面对眼前实实在在的画境，如果真有时空穿越，宋徽宗会在横琴古石拨弦抚琴吗？附近虽没有原子弹爆炸，倒是有许多台打桩机、推土机在轰鸣……

洪磊不仅用汩汩鲜血、倒挂着的儒生表现园林的悲剧。他还用他喜爱的花鸟画。宋人院画中艳丽灵活的鸟，在洪磊的作品里就成了尸体。无论是他的油画《针刺一刻》，还是他的彩色摄影《仿宋马麟〈暗香疏影〉》、《仿宋〈碧桃图〉》、《仿宋赵佶〈枇杷山禽图〉》、《紫禁城

洪磊油画《针刺一刻》

的秋天》等等，莫不如此。这里的死鸟、梅花、碧桃、枇杷，都成了具有象征意义的符号。梅花的暗香浮动，碧桃的鲜艳悦目，枇杷的果实累累，无不以牺牲美艳的生灵为代价。在一幅题为《花园》的彩色摄影中，洪磊引用艾略特在《荒原》里的诗句："去年你种在你花园里的尸首，它发芽了吗？今年会开花吗？"这些作品的形而上的意味由此可知。至于一只佩带珍珠宝石的死鸟为什么以紫禁城为背景，其深意更是不言而喻了。为什么让死鸟佩带珍珠？洪磊是把死鸟比拟为宫女。而我却觉得死在那宫墙下的远不止那些宫女。

我们徜徉秋霞圃，那天牡丹、芍药正艳。洪磊也许在想，这里的泥土里是否也埋过死鸟和别的生灵呢？

3

洪磊游园有“惊梦”，被倒挂着听宋徽宗抚琴，只是“惊梦”之一。他还有一件摄影作品《我梦见我在阆苑遨游时被我父亲杀死》，也是他“惊梦”的代表作。据说他是读了五代阮郜的《阆苑女仙图》得到的启发。在洪磊作品中，洪磊剃着光头，穿着婚纱，有点不男不女，时而在星空飞翔，时而在水中一方曼舞，最后倒地被杀死。

洪磊为什么会梦见被父亲杀死?

这就有必要了解一下他的家史和父亲。“洪家祖上是安徽歙县人，先祖明末迁徙常州做茶叶生意，于常州北直街开有一爿茶叶行。至清朝初年已置房百间于北直街大火弄小火弄之间，清末坐吃山空家道败落。祖父洪永熙，因做生意亏空，一蹶不振，年仅 33 岁抑郁而亡。父亲洪燮，1949 年春随解放军南下上海奉贤县土改，1950 年参加志愿军入朝，任文教，之后直至 1980 年离休一直在军中做文职工作。父亲虽是军人，但品行却像个旧时文人。由于他天性散漫性格，加之他多愁善感的丰富内心（这在他‘文革’后期的日记中可以看出），所以多少和革命的时代有些不合拍。1984 年，父亲 50 岁死于肺气肿病。”这是洪磊在《自编年谱》中的自述。

我听洪磊说过关于他父亲洪燮的几件事。洪燮 1950 年在上海奉贤担任县团委书记，看上机关一位姑娘，后来见这位姑娘与县委书记好上了，一气之下报名参军，“雄赳赳，气昂昂，跨过鸭绿江”。之后，在家乡常州和漂亮贤惠的纺织女工成了家。洪磊说：“后来我跟母亲随军了，在山东的枣庄，有一次我父亲出差带回来一套水彩笔，这是我父亲对我唯一关心的一次。”洪磊用了“唯一”两字，是否说明除此之外父亲就没有别的关心了呢？洪磊告诉我，1983 年，金陵饭店刚开张，有点小资情结的父亲专门去了南京，在金陵饭店顶层旋转餐厅喝了杯咖啡就回常州了。洪磊当时在南艺读书。母亲问父亲，“你去看儿子了吗？”父亲说：“儿子好好的，去看他干什么？”对父亲的冷漠和严肃，洪磊至今仍难以忘却。父亲去世，洪磊第一感觉是终于没人管他了。继而，因为父亲的猝然离去，洪磊思考更多、更深，关于死亡，关于人生。他不得不面对，甚至夜不能寐，父亲的意象让他始终挥之不去。他甚至在想，他的“离经叛道”、他目前的生存状态，是他那虽然小资却仍“正统”的共产党人、军人父亲所能容忍的吗？他说：父亲“是一个共产党的干部，在我的潜意识里给我压力很大，我觉得我目前的生活状况，他如果活着的话，肯定是不喜欢的。”也许这就是洪磊创作《我梦见我在阆苑遨游时被我父亲杀死》的心理根源。

《阆苑仙女图》的原作洪磊没有看过，他只看过画册上的。他觉得它特别有一种类似舞台的感觉，可以做个作品。于是他把自己作为故事的核心，根本不考虑阮郜对阆苑的想象，“阆苑”在洪磊作品中，阮郜的仙境已变为洪磊的美丽地狱。

4

从秋霞圃出来，洪磊说要为我画幅画。铺开宣纸，他提笔寻思，画什么呢？也许他仍在园林之中，他说画石头吧？又对吴亮、心懋说："我们画《三石图》吧，每人画一块，也让楼兄以后留个念想。"

洪磊让吴亮先画。吴亮显然很少做此类营生，推托一番，逃不过，便想了想，刷刷几笔，居然还画得像模像样，大家都说不错。画毕，心懋题画名，洪磊小楷写记："甲午清明，吴亮兄携二友心懋洪磊至楼兄殷姐涵芬

《三石图》

雅舍饮福鼎白茶南投乌龙，谈笑甚欢，性情相投，三人戏笔涂雅，仿古人墨客之雅兴，乃有此画。今人观古人即后人观今人，所谓三石者乃今日盛世之隐喻也，未知后人能知否？洪磊并记。”

我要求钤印。洪磊心懋均无备印。洪磊说：“我现刻一枚。”我找出一石，他抄起剪刀，三两刻画，便成功印章，取印泥，钤之。

洪磊对印章是有研究的。在他的《墟之居——儒生庭园的诞生》中有一章专讲印章。他认为“作为儒生文人画系统中的重要物件，印章是在清末由赵之谦最后完善的。至此，儒生的文人画以及儒生的审美归于结束，之后再也没有了创新。”他对赵之谦印章的赞赏是由衷的，认为赵之谦“是为了刻印投生而来”。崇拜赵之谦的洪磊，如今用一把剪刀刻印，倒不失为当代儒生的一段佳话。

洪磊即兴刻的印章，布局是否讲究，是否如赵之谦般“险要出奇”，我不懂。但盖上印章后的《三石图》顿时鲜活了却是不争的事实。观此三人合作之图，我不由想起游秋霞圃时所见三星石：此三石是否那三石？若是，洪磊吴亮心懋，福耶？禄耶？寿耶？今再观之，洪磊的“磊”，不就是三石吗？莫非此图乃洪磊之写照？捉摸不透洪磊在图文中传递了哪些信息？

洪磊常说自己是个矛盾体。洪，洪水；磊，石头。水来石挡，这“水”是否就是他的“看透”、叛逆和批判？而“石”是否他骨子里的传统文化？“仿古人墨客之雅兴”，本是他内心之表白。

在洪磊他们为我画画的屋子里，堆放着我喜欢的一些老家具。洪磊也喜欢老家具。在屋里行走，他被墙上一幅刺绣吸引了。那是我的朋友、苏绣大师周莹华的作品《兰花》。洪磊赞其线条、色彩、绣工。听着他的溢美之词，我忽觉得作品中并不显眼的兰草更加风姿绰约起来，而绣品中的蝴蝶、蜜蜂也顿时活灵起来。我诧异，洪磊居然还懂刺绣！

后来我才明白，1979 年，20 岁的洪磊高中毕业曾在常州工艺美术研究所工作过整整五年，除了画画，他临写《张迁碑》，涉猎包括竹刻、刺绣在内的江南传统艺术。再后来，我重读洪磊《墟之居》，他竟有整整一节说顾绣，说韩希孟，评论那些“艳丽丝线折射出的光泽”。幸好我对顾绣还不陌生，在拙著《海上寻珍》中我用万余字的篇幅写过女中神针顾绣。

洪磊善书能画、治印作文，甚至对刺绣等古典艺术都颇有研究，传统文化功底扎实，而且深植脑髓。

5

洪磊他们离开嘉定后，我重又细读《墟之居——儒生庭园的诞生》，又读出滋味来。就像喝茶，七碗仍有味。前一次读是从第一章《吃茶》开始，忽略了之前一段极精彩的文字。他说他奶奶有一只粉彩花碗，“色彩非常明丽。我喜欢极了，捧着碗细看。记得上面描画着一个花园，有一处池塘，周围满是林木，鲜花盛放。是春天的景色。……我喜欢得紧，可是不到一天时间，却不小心打破了这只碗。于是那座花园便瞬息破碎了，四分五裂碎了一地。”奶奶没骂他，而他晚上“在睡梦里，努力想补好那只碗，却一点办法没有。我无论怎样着急，还是不能完全恢复那个花园的原貌。”

破碎的园林，梦中的懊丧和焦虑，短短几百字的一段“卷首语”，隐含着太多的寓意，不免苦涩，却令人回味。

凑巧，我正同时阅读吴亮2011年3月22日与洪磊的一个谈话录:《高处不胜寒》。两人谈园林，谈董其昌，谈传统文化和当代艺术，其中不少篇幅谈评弹。吴亮坐在洪磊车上，听到了评弹。而在我的车上，播放器里的CD也全是评弹，蒋月泉、周云瑞、张鉴庭、朱雪琴，都有。“物以类聚，人以群分”，评弹也是我和洪磊的共同爱好。洪磊说:“评弹对今天的年轻人来说可有可无，在我个人，是听一个过去。年轻的时候，记得那时常州还没有拆成现在这个样子，我坐在小河边上写生，画桥可以画一个下午，一个下午都在听广播里放的评弹，现在听的都是一个记忆。”

在洪磊看来，评弹和别的传统文化都将消亡，“中国文化到最后，唯一能保留的就是饮食。”我不知洪磊如此评判是否有失偏颇，但读到这里，内心却不无悲哀。我忽然悟到，原来在洪磊《墟之居——儒生庭园的诞生》的“卷首语”中，被打成碎瓷片的已远不止中国园林，园林只不过是包含评弹、刺绣、篆刻、书法在内的美轮美奂的中国传统文化的一个符号。

我问洪磊，能保留的饮食文化之中是否包含茶？洪磊答：“柴米油盐酱醋茶，开门七件事。”我额手称庆，幸好茶文化还能保留而不湮灭。我想这也许与洪磊喜喝宜兴红茶有关。

在《墟之居》最后一章，洪磊终于憋不住道出他想做的《招魂》。他写道：“我们从这个日渐遥远的昔日庭园还能得到什么呢？我们仅仅可以看到空空荡荡的躯壳，一座失去了魂灵的苍凉院落，还能企图得到什么呢？或许可以在这里，昔日的花园里招魂，去寻回那些久远的梦？当然如今的只剩下了躯壳的花园，也只可作招魂之用了。”

招魂，让我想起了他的好些作品。

1992年，洪磊完成的一组石版画，《重新捡回自己的头颅》、《没有回声的嚎叫》、《远离城市的黄昏》、《呐喊》、《世纪末》，1993 年洪磊的油画《戴面具的风景》，1995 年的布面油画《针刺一刻》，1997 年的摄影《紫禁城的秋天》，1998 年的摄影《中国风景·苏州留园》，直至 2006 年的摄影《说吧，记忆》等等，在我看来，或多或少都在表现灵魂的丢失和对魂兮归来的深切呼唤。洪磊对当前乃至未来的生存环境深感忧虑和无能为力，但他又不甘心，他“呐喊”、“嚎叫”，却“没有回声”，如困兽犹斗，却无可奈何。洪磊试图“重新捡回自己的头

洪磊石版画《重新捡回自己的头颅》

颀"，寻找出路，甚至在自己的梦中。

《我梦见我的前世是个女人》、《我梦见我迷失在潇湘图卷里》……洪磊也许想在梦中摆脱现实，想寻找现实里没有的美丽和迷幻。洪磊说："我与他们不一样的是，我的精神生活恰在内心深处慢慢展开，最终我成了一个白日梦者。"

近百年来，中国的传统文化几乎消亡殆尽，与此相关许多文化精髓也都分崩离析，"目极千里兮，伤春心"，洪磊"哀江南"，却仍固执地喊着"魂兮归来"，哪怕是在梦中。

2015年1月，我去常州。洪磊以一壶宜兴红茶款待。从他工作室出来，天已黑。经过他那竹篱围的院子时，我忽觉有几分熟悉，一棵树，一块空地，一个大水缸，似曾相识。那正是他的作品《听宋徽宗抚琴》的场景。

作品中，洪磊自己被倒挂着。

小城之光

新时期嘉定作家群部分成员

思远镜亭上，光深书殿里。

——唐·白居易《酬集贤刘郎中对月见寄兼怀元浙东》

1

2010年初夏一日，上海市郊嘉定，沪上文学界“大咖”云集，彼此就一个现象议论纷纷。

王纪人：乾嘉学派的领军人物钱大昕是嘉定人，

现代国画大师陆俨少也是嘉定人，还有一些著名的外交家、政治家、艺术家、教育家、科学家和医学家也出在嘉定，使你不得不用“人文荟萃”来形容嘉定这块风水宝地。而自上个世纪八十年代以来，嘉定又先后涌现了十几位有地域影响乃至全国影响的作家，如殷慧芬、张旻、须兰等，他们的作品涉及了小说、散文、诗歌、儿童文学、文学批评等文学的诸多门类，他们的出生年代从40后一直延续到80后，在近三十年的上海乃至全国的文坛上不断地留下自己的踪影，其盛况之空前、实绩之卓著，都令人感佩。

赵长天：嘉定出了一批在上海乃至在全国有影响的作家，那么集中，这在全国也是比较少见的。我能讲到的，可能是一个地方有一个地方的底气，从较早出道的作家楼耀福到前辈文化局长赵春华，他们的作用，这个很重要。

吴亮：为什么嘉定会有这样的现象？……它是

不是和嘉定离上海中心城市有恰当的距离有关。它的特点就是游离在外，好像是挂在城市外面。嘉定许多作家能够保持一种比较好的写作状态，安静地写作，有一个和谐的小氛围。嘉定作家群并没有共同的文学主张，也没有明确的社团，他们各写各的，却来往频繁，相处得比较好。

我在两个月之前去了都柏林，第二天我们去参观乔伊斯的一个故居。后来我们发现都柏林好多地方都挂着乔伊斯的像，作为一个城市的标志。我不清楚嘉定在其他方面的成就有多大，但嘉定有这样一批作家，无疑是嘉定的荣耀。

陈村：我跟嘉定一些作家比较熟。刚才提到陆棣，我认识他，也喜欢他的小说。我还比较早认识殷慧芬，当年她被比较挑剔的茹志鹃老师看中，茹老师很喜欢她的作品，喜欢她写的工人，那些工厂女工，她们跟以前工人作家写的不一样。她笔下的工人更有个人的命运、更有人物的性格、更加有光彩。这样的作品以后再读，或者放在另外一个环境中再读，包括没有工厂生活的人去读，也是非常好的作品。

还有像我的朋友张旻，当年他在学校当老师时，他写了一些老师跟女生比较清洁的、但又有点匪夷所思、到最后是什么都没有的故事。他能够把“没有的事”写得如此引人入胜，我是很佩服的。从中我们也可以看到很多人性的东西。它没有激烈的冲突，没有杀人，或者什么禽兽老师等等，似乎什么都没有出现过，但是他的那些作品，我觉得就是文学的一个很高的境界。后来又读到他的《邓局长》，又名《谁在西亭说了算》，那是个很好的作品。

我们都知道，写作只能是一个人做的事，是一个寂寞的事，是一个大概喜欢热闹的人所不做的事情。嘉定作家这个事做得很好。

江曾培：嘉定为什么会在新时期形成这样一个实绩卓著的作家群呢？刚才大家提到嘉定拥有较好的文化生态。从历史上看，嘉定人文意蕴深厚，历代文人辈出，绵绵不断的文脉一直在滋润着这块风水宝地。新时期以来，嘉定有着较好的文化环境。领导重视文化建设，鼓励支持文学创作，使具有文学潜能的人得以顺利地冒出地平线。

同时，嘉定在地域上，既是上海的一个区县，又与上海市中心有一定距离，这既便于作家用现代和传统的双重视角观察生活，又利于作家远离喧哗和浮躁，保持一种安静的心态，这对写作弥足珍贵。加以嘉定作家勤奋，团结，有着自觉的文学追求，并曾形成互相切磋的“小说沙龙”。

文学虽不能当饭吃，但能提升精神文明的亮度，嘉定作家群作为人文嘉定的一张靓丽的名片，愿其不断增辉添彩。

孙颙：嘉定的文化是有悠久的传统的。收入本集的作家和作品，仅是其中的一部分。单说近三十年来出名的几位女作家吧。殷慧芬年长些，其代表作长篇小说《汽车城》，曾荣获“五个一”大奖；记得小说问世时，上海的作家评论家们曾热情开会讨论，我也是与会者之一。后来就出现了须兰，她细腻而熟练的叙述故事的本领，先是在上海的《小说界》杂志上引起关注，而后就慢慢走向全国的各类刊物。至于年轻的许佳，则是现在全新一代的读者所非常喜欢的作家了。

我把三位风格差别极大的女作家放在一起说，是想表达这样的意思：尽管江山代有才人出，尽管读者的口味一直在变，但一方合宜的水土，总能养育出其代表性的作家。嘉定的文脉，就是这合宜的水土。

这些议论是上海作协、嘉定区政协召开的“新时期嘉定作家群现象座谈会”上发言的一部分。那天上海作协副主席来了四位：孙颙、王纪人、赵长天、陈村，其他如王小鹰、程乃珊、江曾培、孙甘露、吴亮、程德培、毛时安、彭瑞高、沈扬等“腕儿”也都大驾光临，六十余位，济济一堂。

文坛评价：“在一个县或区的范围，这样集中地出现

新时期嘉定作家群现象座谈会

一批作家"，"都以自己的创作特色在文学界占据一定的位置"，"即使在全国范围也不多见"。从上世纪八十年代起，二十多年来，他们守望文学，佳作连连，书写着上海文坛的美丽，无愧为嘉定之光。

2

在这次讨论会上，时任嘉定区政协主席的周关东先生直言："上世纪八十年代初，在嘉定，较早步入文坛的楼耀福受到文学青年们的关注，在他的周围有着一批文学爱好者。诗人赵春华从江西调入嘉定出任文化局长后，《嘉定文艺》复刊，楼耀福担当了义务小说编辑，由此逐渐形成了一个'小说沙龙'，会聚了嘉定地区主要的文学创作骨干，他们构成了当今嘉定作家群的主体。"

上世纪八十年代初的许多镜象现在仍历历在目。一个夏天的午后，我正在厂里最脏最累的翻砂车间干苦力，打着赤膊，汗水与黑砂交杂着在身上流淌。这时有人找我，我胡乱披了件脏兮兮的工作服，站在车间门口接待他们。

来者中一位瘦瘦的中年人是我初次相识，他叫赵立言，文化馆新来的支部书记，刚从太仓调来。

赵立言未说先笑。他说馆里原先有本刊物《嘉定文艺》，后来停掉了，现在想复刊，这件事就由他负责，"我想了想，办刊光靠馆里人，办不好。比如来稿中小说最多，馆里没一个人懂小说，因此想依靠社会力量，请你出山，帮我们看小说稿。"

我稍有迟疑，一天劳累已经够吃力，再说业余时间有限，自己还要写些东西。赵立言说：“你不要推辞，我们调查过了，现在嘉定写小说的作家就你一人。你总不见得要我们‘三顾茅庐’？”

他没说错，那时我已在全国各地报刊发表不少小说。我的处女作《拉幕的人》在《文汇报》副刊以几乎整版的篇幅发表，在社会上反响较大，读者来信源源不断。嘉定的朋友现在回忆当年，仍津津乐道：“我们在空荡荡的仓库里朗诵《拉幕的人》，那时你是我们的偶像。”后来我又有小说被《中国文学》英文版、法文版转载，向国际推介。我在嘉定比较瞩目，但却是一个孤单的文学独步者。之后，诗人赵春华、散文家陈一凡分别从江西、江苏调入嘉定，与我互有往来，我才不那么寂寞。赵春华出任文化局长后，对文学的关注似乎是他的一种天性，于是，《嘉定文艺》得以复刊。

出任《嘉定文艺》主编的赵立言用诚恳打动了我。我想起我的文学成长，也曾得到过徐开垒、任大星、施燕平等前辈作家的帮助，我觉得责无旁贷，就不再拒绝。

赵立言开始一摞摞地往我家中送小说来稿。八十年代初，挤在文学小道上的年轻人太多，嘉定也不例外。我一下班就埋头读稿，希望从中发现有潜质的作者。当时，大多数来稿从严格意义上说还称不上小说，作者只是用文学语言在表扬身边的好人好事，比如拾金不昧，比如深夜关掉漏水的自来水龙头等等。即使后来出名的陆棣，他的早期习作也是如此。但陆棣的文字感觉好，于是我写信约他。

他那时在嘉定钢厂做工，据他说接到我信时很激动。那天晚上他本要参加厂里象棋冠亚军决赛，他放弃可能获得的冠军，撑着伞和恋爱中的女友冒雨来到我在塔城路的居所。之后，他成了我们家 7.5 平方的小书房的常客。他诉说苦难的童年、插队的故事，我每听之都觉生动。而我则说小说不是表扬稿，它要有人物、情节、细节、内涵，向他推荐契诃夫、茨威格、鲁迅、莫言……他较早发表的中篇小说《神奇的墨圈》，多少还带着我向他推荐阅读的《透明的红萝卜》的痕迹。为了方便与我来往，他结婚后单位分房，特地挑了离我家最近的南大街的一间老屋。陆棣成名后在一篇创作谈中说："在我初涉文坛时，楼耀福老师给了我很大帮助。你要搞写作，你就得知道文坛需要什么作品，怎么写才算是好作品。他给我奋斗的方向，一反我过去在黑暗中的摸索。他是我的文学启蒙老师。我的处女作是在他的力荐下发表的。我进入上海作协青创会，也是他介绍的。所以，没有他，便没有作家陆棣。我永远感谢他。"

经常在我家小书房里出入的业余作者除陆棣外，还有在少年宫教我儿子小提琴的周征、写诗的柳易冰、外冈文化站站长水淦、嘉定博物馆馆长葛秋栋等。魏滨海、戴臻偶尔也来。有一次他俩借来一部外国影片的录像带还是在我家的那台松下 G33 上播放的。我家小书房俨然一个文学小沙龙。议论文学之余，我们也用热水瓶去州桥灌满啤酒，炒一盆螺蛳，氽一碟花生，喝上几杯，气氛颇为热闹。日后写出不少好作品的殷慧芬当时是小沙龙殷勤好客的女主人。

由于小书房的"来宾"渐多，1985 年，以《嘉定文艺》的小说作者为主体，我发起成立"嘉定小说沙龙"。

《嘉定文化志》(汉语大词典出版社 1998 年)记载:

> 嘉定小说沙龙，1985 年 5 月于县文化馆成立，有成员 16 名。楼耀福任负责人。该社团会聚了嘉定地区主要的文学创作骨干。其中，楼耀福、殷慧芬、陆棣、张旻、赖云青、魏滨海等陆续在全国及省市刊物上发表长、中、短篇小说。1992 年停止活动。

成员中的大多数后来都成了上海作协会员，可见“小说沙龙”确是汇集了当时嘉定的文学才俊。从这个意义上说它是今天蔚然成观的“新时期嘉定作家群”的雏形并不为过。我被人称为“作头”也概源于此。

“小说沙龙”不定期活动，聚会时交流很随意，很轻松。某人有个构思，谈一下，大家七嘴八舌出主意。也有读了一本好书，相互推荐，议论其中精彩之处。彼此坦诚、豁达、友善、团结。“沙龙”也请上海作家、评论家来嘉定。多年的文学交往，让我积累了良好的人脉关系，任大星、赵丽宏、程乃珊、王小鹰、张重光、沈善增、周惟波、孙甘露等都来过嘉定。评论家李劼应张旻之邀也曾与“小说沙龙”成员对话。记得当时去接赵丽宏、王小鹰他们，赵春华把局里唯一的小面包车让给我用，赶到王小鹰府上，她爱人王毅捷也要来，我很为难地告诉他车上已没有坐位。他说不要紧，找了张报纸席地坐在车厢里，一路颠簸而来。

“小说沙龙”也注意把嘉定作者、作品向上海和全国推介。当时陆棣有个短篇《阿黑》，我觉得不错，便把

80年代，赵丽宏、程乃珊、王小鹰、张重光来嘉定

《少年文艺》的编辑请来，郑重推荐。同时推荐的还有魏滨海的小说《没有遗憾的两分》。我对那位编辑说："先发《阿黑》，因为陆棣还从未公开发表过作品；再发魏滨海的，因为魏滨海从未在上海发表过小说。最后发我和殷慧芬的。"这位编辑一直很信任我的眼力。后来三篇小说先后发表于该刊 1986 年第 6、第 10、第 12 期。几年后，有记者采访我时，说到此事，他笑侃我是"雷锋叔叔"。

全国各地文学刊物来上海组稿，上海朋友知道我周围有一拨作者，便把嘉定介绍给他们。一次，山西的一家刊物来组稿，我在居所摆圆台面"宴请"，中间一个火锅，周边是事先洗净切好的肉片、鱼片、粉丝、菠菜之类，每人面前一个小碟，是殷慧芬精心配制的调料。我把作者们叫来，赵春华也来凑热闹。趁着"宴请"，向山西刊物推荐作者和作品。

值得回忆的，赵春华还组织安排过嘉定作家去雁荡山采风。如此举措，在他之前的历任文化官员都没有过。之后，有人说他"偏心"。他理直气壮："嘉定作家在上海在全国都有影响，你们做出成绩来我也向你们偏啊！"

“小说沙龙”1992年停止活动。原因之一，《嘉定文艺》再度停刊，我的居所从塔城路搬迁至当时较偏僻的迎园，原来“沙龙”活动的据点不复存在。其次，从大处看，邓小平南方谈话以后，改革开放的深入为有才华的青年提供了更广阔的天地。他们不必都在文学小道上拥挤，或从政或下海或出国，在文学以外的多个方面显山露水，展露天赋。其三，从文学本身看，殷慧芬和张旻等文学的守望者已步入创作的更高境地，从客观上说，“嘉定小说沙龙”已完成了它的历史使命。

尽管如此，我们仍关注和帮助嘉定的文学新人。比如与我们同厂的须兰，她刚开始写作时，我们也曾为她向上海的文学期刊推荐过小说。殷慧芬还冒着严寒，骑着自行车一路寻觅到她在农村的家中，为她送去文学书籍，其中有张爱玲、蒋韵等作家的作品，使她从中获益。

3

许多年过去了，岁月沧桑，嘉定作家在“小说沙龙”

结下的情谊依然。

2004年，我告别现实的纷扰和忙碌，重返书斋，写的第一篇文字是关于殷慧芬的《美丽依旧》。此后，相当一段时间，笔墨仍在嘉定的文友之中。我写过张旻、戴臻、龚静、赵春华、陶继明……

我写张旻《一半是火，一半是水》:

张旻原名张明。明的一半是“日”，日如火；另一半是“月”，月如水。

世上叫张明的太多，于是张明便成了张旻。

这个“旻”字虽生僻，我却以为改得好。一是表明张旻要把自己的光与热倾泻在文学上，二是张旻希望自己在文学上如日中天般光芒万丈。

我与张旻相识的二十余年中，他很辛苦，年复一年地为“日”下的“文”或者说“文”上的“日”呕心沥血。他创作了长篇小说《情戒》、《成长是不容易的》、《对你始终如一》和大量的中短篇小说，随着文学成就越来越熠熠闪光，他从一个相貌堂堂的风华少年步入将近知天命之年，明显的标志是他额上的头发越来越稀少，额头与他的文学成就同样光华四射。

张旻的小说语言，看似不紧不慢，却很有张力。读他的小说如同驶一只小船，在江南水乡的河流中慢慢行走。而且行船一定快不得，因为一快就生怕错过了什么美好的却又不易察觉的景致。这行船又一定停不得，因为张旻的叙述语言中又在告诉你前面的景致将更动人。有一年我要参加一个学习班，将被“关”十来天，我带的唯一的长篇就是《情戒》，因为在那里，我有时间慢慢读，不间断地读。

从张旻的文学语言和大多与“情”相关的题材看，他的作品似乎如水般温和。但这如水表象下面都蕴涵着张旻对人性、人生的深刻思考，奔突着张旻内心火一般的激情。

张旻这个人太像他的作品，平时文质彬彬，保持着他曾经当过教师的那种斯文，骨子里却很有思想，很有正义感。

张旻的父亲来自山东，是裹挟着解放战争的战火南下嘉定的；母亲来自浙江，是个生长在吴山越水的温情女子。山东汉子做的却是仔细的、容不得一个小数点差错的事业；江南女子却是个一手拿剑一手持盾、正义凛然、疾恶如仇的法官。豪迈与纤柔在他父母的身上已经结合得非常完美，张旻秉承了他父母的这种水与火的遗传基因。

张旻现在是嘉定区的文联副主席，常常在半夜打电话与殷慧芬商量文联工作，每当此时我接电话总是把嗓音放得很大："殷主席，张主席的电话！"电话的另一头"义务打工"的张主席一定哭笑不得，他知道我在"嘲"他们。半夜打电话从另一侧面正说明他对工作的热情如火。

我不止一次地对张旻说，你的小说千万不能不写，一个好的小说家不是每个舞文弄墨的人都当得了的。官大官小 60 岁都要退休，而写作则可以伴随终生，优秀的作品更可以流传千载。

张旻的长篇《邓局长》，又名《谁在西亭说了算》，我读后，觉得好，又早早地为他写书评。互相为同城文友的文学成就高兴、喝彩，是嘉定文学圈的传统。赵春华很早就在《解放日报》上写我和殷慧芬，戴达、龚静也曾为我、为殷慧芬不吝笔墨。戴达诗集《与情人节跳舞》出版时，殷慧芬的文字至今仍让他感动：

> 在戴达的诗里，他打捞的童年总是浸淫着山色、雪啸、水声、还有山鸠的歌。后来知道他是诞生在飘雪的日子，而且是大山里的孩子。他因为某种原因，自幼寄养在江西婺源美丽而传统的山乡里，吃婺源乳娘的奶。八岁的时候戴达才回到上海回到父母兄妹的身边，但是他最深的最美的记忆却是婺源。于是山鸠的歌成了他心灵纯粹的哨声，白雪亦成了他生命张扬的图腾。
>
> 戴达曾经跟着缝穷为生的婺源乳娘，翻山越岭，一家一户地讨生活做。山风民俗、奇山丽水，在以后的岁月里被戴达揉进了他淡泊、宁静的诗行，而

曾经饱尝的世态炎凉、风刀霜剑则升华成了永远的温馨。在戴达寂寞的歌声里，他缅怀的童年，那代菜下饭的江西“红辣椒”“犹如寒夜里的一挂灯笼”，照耀着他的漫漫人生长途。

小学毕业，戴达又一次离开父母，进了沪剧团的学馆。于是冬练三九，夏练三伏，小曲不离口，功夫不离身，多少次拿大顶，捱不过了，流着泪喊：老师，救命！戴达度过了艰难的学艺生涯。30年后，师兄妹们聚首相会，忆及当年学艺之苦，无不潸然泪下。也许是戴达命中不该在舞台上演绎人生，两年后学馆解散，同学们分赴各区、县的沪剧团，戴达却在父亲的意志下含泪告别了他心爱的梦中舞台。戴达回到了书声琅琅的学校。但是他忘不了那沪剧的旋律，和练功洒下的汗水。读书之余，戴达“从心里抽出一面镜子／照出往事的哭和笑／更多的时辰是默默无语”。

有一天，我听戴达即兴朗诵他的诗歌，我注意到他的突然亮起来的眼睛，他的颤栗的动人的声音，于是我明白，那两年的学馆生涯不仅熏陶了他的艺术感觉，那人间悲欢的愁韵也深刻在他的心瞳上了。他的心灵永远负荷着一种纯粹和执著。

第三次离家则是真正的人生大迁徙了。1968 年。戴达卷入了上山下乡的洪流中，他来到一个酷似他童年记忆的山村，然而那里没有他的乳娘，没有风干的“红辣椒”照耀他的夜晚，也没有“乡亲让我骑着羊走出山里 / 骑着羊也就变成了羊 / 这是村庄的习俗 / 也是村庄对我的祝愿”。其时他的父母均因地主出身而被驱逐出了教师队伍，按照流行的血统论，戴达差不多也成了专政对象。青春成了一片“阴雨绵绵”、“长满红罂粟”的沼泽地，只有忠诚的女友在“深夜 / 一只啄木鸟悄悄飞来 / 一下又一下 / 啄出我浅浅的哭声”。

女作家陈洁曾在她的自我描述中提到过一次对蹉跎岁月的“怀念和祭奠”。那是在 1981 年的冬季，华师大 77 届的毕业典礼上，“她站在话筒和舞台之间，朗诵她的同学、已小有名气的诗人的自由体长诗。她刚刚读完了第一句，泪水就从她的眼睛里流了出来。她知道一个时代结束了”。她朗诵的就是戴达的《思考奏鸣曲》。苦难成了戴达最早的诗源。

在戴达简陋的诗斋里，我看见了他的处女诗集《与情人节跳舞》，在这之前，我读过他写的诗歌评论，和他参加撰写、审定的《新诗鉴赏词典》，戴达是个学者型的诗人。戴达的先生钱谷融教授击节赞赏过他的文采，为他未能毕业留校而扼腕。我在戴达的诗集里没有找到他的《思考奏鸣曲》，就是曾经令才气洋溢的女作家伤感、并获华师大首届大学生新诗大赛一等奖的诗篇。戴达的回答是他选择了更好的。我想，这是否意味着诗人的成熟？他想俘获一代读者的心，就如他歌中唱的那样：“从未握手致意 / 但却永不分离”？

互相的赞美和欣赏，我不简单地把它归纳为互相捧场。我看重的是彼此间“永不分离”的友情。陈村在“新时期嘉定作家群现象座谈会”上说：“以前常讲文人相轻，我觉得没道理。当我们的写作被一群文本质量很高的朋友所包围的时候，那么你呢，也会学好。……我在嘉定作家身上就看到了良好的竞争和团结。”

正是这种“良好的竞争和团结”，铸就嘉定之光。

4

我在撒哈拉大沙漠仰望过星空，那真叫浩瀚无垠。嘉定的几个作家，在无穷的苍穹中可谓微不足道。但我坐在书房窗前，抬头望有限的一片夜空，又觉得寥寥可数的几颗星星也很明亮。这也许就是人们常说的“坐井观天”。本文取名《小城之光》，大体也有这层意思。

殷慧芬多次参加全国文代会、作代会

本世纪初，殷慧芬接连获得中宣部“五个一工程奖”、“上海市文学艺术优秀成果奖”、“上海市长中篇小说优秀作品大奖”等重要奖项，多次参加全国文代会、作代会。2001 年，上海市作家协会首次聘请了 7 位签约作家，殷慧芬、张旻、须兰是其中的 3 位，嘉定作家在上海的实力和影响，一次次引起人们瞩目。

1993 年、1999 年、2009 年、2010 年、2011 年、2013 年，在上海作家协会关心和帮助下先后为殷慧芬、

上海作协首次聘请签约作家，嘉定占其中 3 位

张旻、嘉定作家群、赵春华、戴达、戴臻、魏滨海等举办作品研讨会，上海各大媒体的宣传，又成为海上文坛的热议。

关于殷慧芬，我在《美丽依旧》一文中已作介绍，本篇不再赘述。

我想说一说张旻。张旻的小说我一直喜欢。他 2009 年出版的长篇新作《邓局长》(又名《谁在西亭说了算》）仍然有着这样的魅力。小说一开始就说西亭一个身价数亿的房地产老板刘德清被害，现场凶犯贴着一张字条，上写“谁在西亭说了算？”此言正是被害人生前之名言。刘德清仗着自己显赫家产，曾经一度占有凶犯金钟来年轻美貌的妻子文昕。金钟来也一直以为长期霸占自己妻子的是骄横跋扈的刘德清，选择大白天让他一命呜呼，似乎在证明西亭更是金钟来说了算。其实真正占有文昕的并非刘德清，而是金钟来的远房表哥、建设局副局长邓涛。蒙在鼓里的金钟来非但不恨邓涛，反而对他百般感恩。最后，刘德清命归黄泉，金钟来锒铛入狱，文昕“名正言顺”地成为邓局长的合法妻子。“有情人终成眷属”的结局看似荒诞，演绎的情节也峰回路转、一波三折，扑朔迷离的背后却给人一连串值得玩味的深思。

张旻1990年代中期曾与韩东、陈染等被评论界称作内地“新生代”代表性作家，二十余年来，始终以作家的良知和敏感，关注社会和人生，笔耕不辍，出版过多部长篇小说和中短篇小说集，《邓局长》的问世，再次证明其作为内地文坛实力派作家之名实为不虚。

嘉定的作家中，我与戴臻走得比较近，也许因为他为人为文更本色。一个自称与戴臻青梅竹马的女性当众夸他“老来三”的，说他歌唱得好，舞跳得好，牌打得好，棋下得好，乒乓打得好，篮球打得好……这位女性与戴臻的“青梅竹马”是有据可依的，儿时都住在南翔老街，晨起的时候戴臻推开江南古镇老屋的木窗可看得见她对着梳妆台扎小辫子，而她晾衣的时候把竹竿伸出窗门一不小心会碰到戴臻家的窗玻璃，她说少年时的戴臻会在夜晚南翔老街的弹硌路上一边走一边引吭高歌，引来包括她在内的少女们的注目，看来她对戴臻的好评是伴随了她的半生岁月的。

戴臻也有“呆”的时候。有一次他去上班，前面堵车，他为了不迟到，绕道小路，只是两旁有树。戴臻认为树是木，车是铁，从物理学的角度言，铁比木硬，于是他驱车硬是从两棵树间挤过去，结果树伤了，他那辆桑塔纳也可想而知。

戴臻1985年开始童话创作，处女作《穿靴子的小竹竿》一出手就不同凡响，荣获童话大奖。此后几乎篇篇精彩，被《儿童文学选刊》等频频转载。儿童文学作家萧萍这样评价：戴臻的《我爱我家》：“极具经典气质”，“完全可以超越时代和国界”。

戴臻有篇童话《狗熊跳舞我拉琴》，写一位拉手风琴者与无处觅食的狗熊在困境中相濡以沫共渡艰难的故事。我边读边想，他写此篇作品的时间，正是筹办他现在供职的这所学校最困难的阶段。多才多艺的戴臻也能拉手风琴，童话中也许有他自己的影子。

2013年，在“童心三人行”的作品研讨会上，詹丹教授说，在1985年的一个冬日下午，他冒严寒去戴臻家。戴臻从厨房间出来，说他正在写一篇童话，天太冷，煤气炉的火苗、烧水壶冒出的蒸汽，正好取暖。戴臻的整个状态像是在童话中。

詹丹的叙说让我感动，我不由想起戴臻开着轿车从两棵树中穿越的情景，我曾经讥笑过他“呆”得令人不可思议。此刻我却恍悟，那时他或许也沉浸在童话世界中，他从车窗望去，那玫瑰色的令人神往的晨霞也许正出现在两棵绿树之间。

赵春华与我相识相知三十多年，当年“春华”如今已成“秋实”，难得的是他依旧率直、依旧真诚。

春华是马陆人，我跟他开玩笑，宋皇族后裔赵默庵曾在马陆居住，你回去查查家谱，说不定是赵默庵某一支的子孙。他大笑，说他是农家子弟，跟皇族后裔毫不相干。凭着努力，农家子弟 1962 年考入北大中文系，1967 年毕业，趁动荡岁月回到家乡谈恋爱。1968 年被分配到江西山沟沟里的兵工厂，上世纪七十年代在《解放军文艺》等刊物发表诗歌，加入了江西省作家协会。

在外的赵春华总惦记着家里，1980 年如愿以偿调回家乡工作，在县广播站当编辑。我写小说，他写诗歌，在当时寂寞的嘉定文坛，我们惺惺相惜，很在乎这份友情。当文化局长后，他仍笔耕不辍，在诗歌散文创作之余，不忘宣传嘉定作家。《新民晚报》组织写“十日谈”，他写“有头有脸的嘉定作家群”。此文后被中国作协《作家文摘》报转载，引起世人关注。

上海市作协副主席赵丽宏2011年在“赵春华散文诗研讨会”上赞赏赵春华：“虽没有大红大紫过，却是一位不可多得的散文诗作家。”古稀之年的春华激情犹在。他的《吞江醉石》：“……这身边的石头分明是一个大酒坛，而那滚滚的长江，不就是饮之不尽的酒醪么？好啊，就以此石为樽，以长江为酒，饮尽这一江波涛吧！”他的《搏击长江》：“……生活中的一切繁琐，还有那烦恼与欢乐、得与失、功与过、褒与贬、一切的一切，都流进了长江，化作了轻云袅烟……看两岸青山如黛，炊烟似诗，长堤似线，还有云绕山间，雾出山岫，如一幅青山绿水图。更有鸥鸟翩翩，忽左忽右，忽前忽后，伴我一路远行。舟楫如梭，逆水而上，搏击长江，谱一曲力的颂歌。”豪迈、雄阔、气派，没有一点“娘娘腔”和小家子气。字里行间，春华不老。

5

本文结尾我想回到开篇所提及的“新时期嘉定作家群现象座谈会”。这个会上，时任上海作协党组书记、副主席的孙颙有个总结发言，提到“一方水土与文化养育”的问题。他说：“文化最要紧的是滋养民众的身心。有文化的长年养育，才有那一方水土的人文环境。”“一方合宜的水土，总能养育出其代表性的作家。嘉定的文脉，就是这合宜的水土。”

沪上文学界的腕们的议论好不热闹

那么，嘉定有着怎样的一方水土和文化养育呢？这些沪上文学界的腕们议论得好不热闹。

毛时安：嘉定的作家，从表面上看，他们取材的方向、价值的取向是各不相同的，但是仔细想想，其实他们之间还是有某种共同性、相似性。其一是嘉定在上海区县里面是一个特别有文化传统的地区，它的文化源远流长，一直慢慢地延伸过来。其二呢，嘉定的这些小说家的作品背后，有一种相同的气息，除了“诗意的孤寂”，还都有一些诡异的东西弥漫在字里行间……

嘉定作家是从文脉上慢慢浸透、浸泡出来的，这种浸透、浸泡，不是靠急功近利，是靠慢慢地生活，一点点弥漫到血液当中去。

对嘉定土生土长的作家，其实也很难从语言意义上的乡土作家来概括。相当一部分所谓的乡土作家，往往是离开了乡土以后才成为乡土作家的。乡土成为他们回忆中一个遥远的彼岸。很多乡土作家生活是在城市里，写作也是在城市里。

彭瑞高：嘉定作家群这个现象，我关注不是一年两年了。我觉得有两个字可以对他们的状态作个概括：两栖。他们生活在嘉定这个古城，有自己广阔的土地，又靠近上海市区，特殊的地理和人文环境成为他们成长的沃土。我觉得中国的作家，特别是好作家，是不能离开农村的，或者说他生于村、镇，最后落户在大城市。

不必说，嘉定作家的生活跟大城市生活是不同的，但他们对大城市生活也是有了解的，或者也有过大城市生活。比方说殷慧芬，她原来也是在上海市区生活。像张旻，他的生活状态可以说一直是处在城市和农村之间，是一种边缘状态。他们“两栖”的生活使他们的创作有了丰厚的土壤。他们往前可以看到鲁迅、郭沫若、茅盾，三四代以后，我们的后代应该可以看到他们的背影。

王纪人：文学氛围的营造自然有利于嘉定的人才辈出，但文学人才的脱颖而出还有赖于文学写作者自身的努力和坚持。多数的嘉定作家并无优越的家庭背景和物质条件，他们都是在工厂、学校等单位繁重的工作之余，从业余创作起步的。他们发表最初的作品，并无什么门路，多半有过不断遭遇退稿的挫折，一投就命中迅速蹿红的幸运儿总是少数。尤其在文学逐渐边缘化的新世纪以来，许多文学作者已经淡出文坛，但嘉定的大部分作者仍然在惨淡经营中坚守，这真是令人欣慰的。嘉定的作家群渗进了自己生命的每一个皱褶，把文学当作自己的生存方式乃至宿命。他们从最基础的文学写作开始，通过不断的摸索和训练，学习和提高，逐渐地从局促走向从容，从忐忑到自信，眼界和境界都渐见开阔，其中有好几位都荣获过上海市或全国性的重要奖项。在创作风格方面，嘉定作家是各有自己的特色和个性的，或大气而细腻，或冷峻而犀利，或绚烂而奇幻，成为上海文学界一道靓丽的风景，也是上海城市的文化名片。

程乃珊的发言更注重细节，她说："我到过殷慧芬家，很喜欢她家的一只井，我喜欢那种古井家园的气氛。但现在就是在上海郊区，也很少有传统文化，有田园的景致，这是非常可惜的。"

王小鹰说，"林风眠在解放后曾有一段时间很不被艺术界所重视，但在那些受冷落的日子里，他的画艺突飞猛进，形成了特殊的画品。因此后来有人就把他这一阶段的状态誉为一种'诗意的孤寂'。嘉定的作家群，他们的'边缘'生活状态就是特别富有诗意。刚才有人讲到去过楼耀福家，他们家里真的是非常安静，让人会觉得时间被溶化掉一样。他们其实也是在品尝'诗意的孤寂'。"

嘉定本土的作家是怎么看"一方水土与文化养育"的呢？有一年，我为教育局编《嘉定乡土读本》，出生于嘉定西大街的散文家龚静专门写来一段文字：

少时难以感觉家乡在生命中的色彩，年轻的心受着远方的诱惑和热望，常常是需要多年以后，才会恍然，过去的一切其实已然沉淀在那里，成为你生命的底色，后来的许多都是从这里出发的。比如，我一直都喜欢着那种江南古镇的安静清爽，喜欢着山水间古村落的耕读气息，喜欢着山山水水的雄浑超然，追溯起来，却是少时受了嘉定古城的那种宁静江南和淡淡书卷历史的氛围熏陶吧，虽然不那么直接，却自有血脉暗传，一方水土养一方人，自然/人文之气到底还是润物潜无声的。

由此可见，龚静对家乡的挚情已经深入其骨髓和血脉。她的散文，如《最后的西大街》等，表面安静的她始终无法掩饰家乡所给予的底色。

我还读过我的朋友魏心宏写须兰的文字。须兰曾经是我一个工厂的同事，与殷慧芬在一个科室呆过。九十年代初，她那十分质朴的父亲在我的同事、须兰的舅舅卞师傅的陪同下，到我们家送过他们自己种的新大米。为的是希望我们对刚开始小说创作的须兰有所帮助。

魏心宏在《上海传奇女作家须兰》中写道：

……那姑娘家在上海近郊的嘉定，自己则是在一家汽车配件厂里的宣传科上班。姑娘名字叫须兰，1969年出生，才23岁，她很快把她自己编的书给我寄来了，我一看，是本掺杂着各种文体的小册子。我把小书带回家去阅读。感觉这个女孩完全不似她的外貌给我简单的印象，其中还有不少是仿古体的作品，有一首词牌叫“雨霖霖”的，写一个女孩恋爱的感受，写得非常缠绵深刻。文字功底则更是叫我刮目相看……

我在女孩给我的小册子里选了几个小说，我记得好像其中有一篇叫《银龙的故事》发表在我编辑的刊物上，她还根据我的建议又新写了几篇，其中最好的一篇是《宋朝故事》，我很高兴上海出现这样有才华的女孩，连续在刊物上发出了她的作品。一时间，全国各个文学刊物都开始注意起这个叫须兰的女孩来。

须兰的父亲和母亲请我去她家做客，我去了，她的父母都是很朴实的人，她家的房子就在一条小河边上，周围都是农田，空气格外地好。我那天不知道为什么特别累，晚上就在她家睡了。早上起来，须兰的爸爸还带着我去河边钓鱼。这样的乡野生活让我感到很不错，很难得。

……

须兰九十年代初的作品发表之前，有一篇题为《仿佛》的小说我也曾向上海的文学期刊推荐过。现在，用程永新的话来说："须兰小说写得少了，但是须兰现在是国内身价最高的电影编剧。"她写的《投名状》在大陆以及海外同时放映，取得不小的轰动效果。

尽管如此，魏心宏难忘的还是"小河边，周围都是农田，空气格外好"的乡野生活。

后记

这本书最初书名是《客来茶当酒》。许多年来，我们以茶当酒接待了国内国外许多朋友，如邵燕祥、叶广芩、江宏、吴亮等。自 2013 年起，连续四年，参加上海写作计划的外国作家也远道而来，作客我家。我想，除了我们与朋友间友好的关系之外，茶也许是其中原因之一。由此，萌发了我想通过茶盏写一些与师友交往。于是有了《局外树》、《雾中归帆》、《亮的霞》等文章。

2016 年 4 月，著名作家陈忠实逝世。噩耗传来，悲伤不已。扼腕痛惜之余，我想为忠实大哥留点文字，写了《青山无言》。写作中，我几次落泪。陈忠实来过上海，我们也喝过陈忠实从陕西带来的好茶，但他没在我们家喝过茶。把《青山无言》收入这本书，书名再取《客来茶当酒》似不很妥。后来我又写了《百合花香》、《火凤凰》等篇，已故的茹志鹃老师和年过九旬的王火老师也都没来过我们的茶舍。于是决定放弃《客来茶当酒》的书名，取名《局外树》。

《局外树》，是其中一章篇名，取自邵燕祥老师书赠我们夫妇的诗句："我自长安局外树，花开万朵伴生民。"书中所写的各位，在我眼中都是"局外树"，却又都"花开万朵"。我自以为这书名颇为贴切。我也以此句勉励自己，我亦一棵"局外树"，开不了万朵，开一朵两朵也好。

从事文学四十余年，在创作之余，我与上海和全国的作家、艺术家结下深厚友谊，其中不乏令人尊敬的前辈。

他们不同寻常的经历、文学艺术成就，让我文思跃动。难得的是我们至今仍保存着这些前辈和朋友的书信、墨宝、作品，王火、茹志鹃、邵燕祥、江曾培、陈忠实、徐秉言、叶广芩、江宏等，弥为珍贵。因此，本书除文学语言的描述外，这些书信、作品和老照片的插入，更体现了它的史料价值。

本书中《美丽依旧》是2004年的旧作，时隔12年，我在旧稿的基础上作了适当补充。其余12篇皆为近年所写。

有文有人，有情有识，有历史也有当下。以大散文的文体写下我们与十余位作家、艺术家之间的交往，结合这些文化人物的传奇命运、艺术成就、鲜为人知的生活细节，想让这本书稿具有一定的思想和文化厚度，在一个方面为当今文坛留下感情文字和记忆珍档。这便是我写作此书的初衷与奢望。

感谢上海文化发展基金会为本书写作和出版提供的资助。感谢上海书店出版社。一年之前，杨柏伟先生得知我在撰写此书，第一时间与我联系，表示愿意出版拙著，这一刻让我铭记。

2016年11月28日于上海嘉定涵芬楼

图书在版编目(CIP)数据

局外树/楼耀福著.—上海:上海书店出版社,
2017.7
ISBN 978 - 7 - 5458 - 1490 - 3
Ⅰ.①局… Ⅱ.①楼… Ⅲ.①书信集-中国-当代
Ⅳ.①I267.5

中国版本图书馆 CIP 数据核字(2017)第 146658 号

局外树
楼耀福/著
责任编辑/杨柏伟 邢 侠 封面绘画/江 宏
技术编辑/丁 多 装帧设计/郦书径
上海世纪出版股份有限公司上海书店出版社出版
上海世纪出版股份有限公司发行中心发行
上海福建中路 193 号 邮政编码/200001
www.ewen.co
全国各地书店经销
江阴金马印刷有限公司印刷
开本 787×1092 1/32 印张 12 字数 180,000
2017 年 7 月第 1 版 2017 年 7 月第 1 次印刷
ISBN 978 - 7 - 5458 - 1490 - 3/I · 395
定价:40.00 元